LIZ KESSLER

Nördlich von Nirgendwo

Aus dem Englischen
von Eva Riekert

Mit Vignetten von
Almud Kunert

FISCHER Taschenbuch

Erschienen bei FISCHER Kinder- und Jugendtaschenbuch
Frankfurt am Main, März 2018

Die englische Originalausgabe erschien 2013 unter
dem Titel »North of Nowhere« bei Orion Children's Books,
a division of the Orion Publishing Group Ltd, London
Text © Liz Kessler 2013

Für die deutschsprachige Ausgabe:
© 2014 S. Fischer Verlag GmbH, Hedderichstr. 114,
D-60596 Frankfurt am Main

Druck und Bindung: CPI books GmbH, Leck
Printed in Germany
ISBN 978-3-596-81205-9

Dieses Buch ist der Lebensrettungsgesellschaft RNLI gewidmet, deren erstaunlicher Einsatz jedes Jahr Tausenden von Menschen das Leben rettet.

1

Ich muss das Ganze aufschreiben. Nur so werde ich glauben können, dass es wahr ist.

Frühjahrsferien in der Achten. All die unglaublichen, unmöglichen Ereignisse. Sind sie tatsächlich passiert? Hunderte von Malen habe ich mir einzureden versucht, dass es nicht sein kann, dass nichts davon möglich ist. Und ich habe recht; nichts davon *ist* möglich.

Aber das ändert nichts an der Tatsache, dass alles wahr ist. Alles ist wirklich passiert, genau so, wie ich es jetzt erzähle.

Der Tag begann wie jeder übliche erste Ferientag. Dad lag im Bett mit einer Tasse Kaffee und der Samstagszeitung. Mum telefonierte mit Grandma. Jamie, mein älterer Bruder, war in dem Plattenladen in der Stadt, wo er seit zwei Jahren samstags arbeitete. Ich war in meinem Zimmer und machte mich fertig, um mich mit meinen Freundinnen zu treffen.

Für weitere drei Minuten war meine größte Sorge im Leben, welcher Gürtel am besten zu meinem neuen Top passte und ob ich mir die Haare hochstecken sollte oder lieber nicht.

Dann legte Mum den Hörer auf und rief mich in die Küche hinunter. Und das war der Augenblick, der mein Leben für immer verändern sollte.

Was ich da allerdings noch nicht wusste.

Das erste Anzeichen, dass etwas nicht stimmte, war die Tatsache, dass Mum mich nicht bei meinem richtigen Namen rief. Oder genauer, *dass* sie meinen richtigen Vornamen benutzte. Das war das Problem.

Amelia.

Seit einer Ewigkeit hatte mich kein Mensch mehr Amelia genannt. Als ich vor zwei Jahren auf das Gymnasium kam, fingen alle an, mich Mia zu nennen. Im letzten Sommer, vor der Achten, beschloss ich dann, *Amelia* ganz offiziell abzuschaffen. Seitdem nannte mich jeder Mia. Sogar Mum benutzte meinen alten Namen nicht mehr; sie wusste, wie sehr ich ihn verabscheute.

Aber heute verwendete sie ihn.

»Amelia, Schätzchen«, rief sie aus der Küche. »Ehe

du verschwindest, muss ich dir leider dein Leben ruinieren, indem ich dich ans Ende der Welt entführe, ins Nirgendwo, wo du vor Langeweile, Einsamkeit und der totalen Abwesenheit von allem, was das Leben lebenswert macht, eines quälenden Todes stirbst.«

Okay, fairerweise muss ich sagen, dass das nicht ihr genauer Wortlaut war. Genau genommen sagte sie: »Amelia, pack deinen Koffer. Wir fahren zu Grandma.«

Was auf das Gleiche hinauslief.

Ich machte die Tür zu meinem Zimmer auf und rief die Treppe hinunter: »Ich treffe mich doch mit meinen Freundinnen!«

»Hör auf, die Treppe runterzuschreien!«, brüllte Mum zurück, wobei sie irgendwie vergaß, dass sie diejenige gewesen war, die das ganze Hin-und-her-Geschreie überhaupt angefangen hatte.

Wie unfair!

Es lag mir schon auf der Zunge, genau das zurückzubrüllen, da hatte ich einen besseren Einfall. Vor kurzem hatte ich mir eine neue Taktik angeeignet, die ich die *Sei-nett-Methode* nannte. Die hatte ich in letzter Zeit des Öfteren benutzt und festgestellt, dass sie in Notsituationen ziemlich erfolgreich ist. Und hören zu müssen, dass einem die Frühjahrsferien praktisch gestrichen und durch eine Reise ans Ende der Welt ersetzt worden sind, zählte doch mit Sicherheit in jeder Hinsicht als Notlage.

Ich atmete durch, setzte vor dem Spiegel mein *Sei-nett-Gesicht* auf und ging nach unten.

Mum saß vornübergebeugt am Küchentisch, den Kopf in den Händen. Ich lief zu ihr und vergaß sowohl mein eingeübtes Gesicht als auch meine vorbereitete Bemerkung.

»Mum, was ist los?«, fragte ich.

Sie stieß einen Seufzer aus. »Ich weiß nicht, was ich machen soll«, sagte sie. »Es geht um ...«

Ich wartete, dass sie weitersprach. Sie fuhr sich mit der Hand durchs Haar und schüttelte den Kopf. »Bestimmt ist es nichts weiter«, sagte sie und zwang sich zu einem Lächeln.

Das Problem war nur, ich kannte dieses Lächeln. Das benutzte sie immer, wenn Dad beschloss, sie mal zu ›verwöhnen‹ und das Essen zu kochen. Sie hatte es benutzt, als ich mit einem winzigen neuen Minirock aus der Stadt nach Hause gekommen war, den ich mir von meinem Taschengeld gekauft hatte. Und es war das Lächeln, das sie aufsetzte, als Jamie seine neue Freundin mit nach Hause brachte, die eine gepiercte Nase und einen Ring in der Augenbraue hatte.

Mit anderen Worten, ein gequältes, falsches Lächeln. Was glaubt ihr, woher ich meinen *Sei-nett-Trick* hatte?

»Mum, was ist passiert?«

Mum hörte mit dem falschen Lächeln auf. »Es geht um Großvater«, sagte sie.

Was die Dinge ein bisschen änderte. Ihr müsst wissen, dass mir Grandad eine der liebsten Personen der Welt ist. Ich war nicht wild darauf, ihn und Grandma zu besuchen, aber das lag nicht an den beiden, sondern nur daran, dass sie so weit weg wohnten, in Porthaven, einem winzigen Kaff, in dem es absolut *nichts* Interessantes zu tun gab und in dem jeder entweder Fischer oder hundert Jahre alt oder beides war.

Grandma und Grandad waren dort aufgewachsen. Grandmas Eltern betrieben früher den örtlichen Pub. Grandma und Grandad waren in unsere Nähe gezogen, als Jamie noch klein und ich ein Baby war, aber als meine Urgroßeltern ein paar Jahre danach starben, erbten Grandma und Grandad den Pub. Sie überlegten eine ganze Weile hin und her, beschlossen aber letztendlich, nach Porthaven zurückzuziehen und den Pub selbst zu übernehmen.

Im Ort gab es drei Läden und ebendiesen Pub, in den ich nur durfte, weil er meinen Großeltern gehörte. Ansonsten – nichts. Kein Handynetz. Keine öffentlichen Verkehrsmittel. Kein Satellitenfernsehen. Es gab kaum *normales* Fernsehen; der Empfang war Glückssache.

Bis vor einem Jahr, als ich mich zu Grandma setzte

und es ihr erklärte, glaubte Grandma, ›Breitband‹ sei ein breites Gummiband. Und sie war typisch für die meisten Leute am Ort. Einmal erklärte ich einem der Fischer am Hafen das Internet als weltweites Netz. Er sah mich verdutzt an, dann lachte er und breitete die Arme in Richtung Meer aus, als könne er den weiten Ozean damit umfangen. »Das da draußen ist meine weite Welt«, sagte er. Dann zog er sein Fischernetz hoch und setzte hinzu: »Und das ist das einzige Netz, dass ich dafür brauche.«

Danach gab ich es auf, irgendjemandem in Porthaven das Internet zu erklären.

Aber Grandad war anders. Er verstand mich besser als Grandma. Nicht, dass sie und ich nicht miteinander auskamen; wir hatten nur nie richtig zueinandergefunden. In meiner Welt ging es um Abhängen mit meinen Freundinnen Jade und Ellen. Um Kinobesuche und darum, in Läden herumzulungern und in den Klatschblättern über Promis nachzulesen. Grandmas Welt bestand daraus, den Pub in einem winzigen Kaff zu führen, mit ein paar alten Fischern zu plaudern und in den Gästezimmern im ersten Stock die Betten zu machen.

Na ja, das war auch irgendwie Grandads Welt, aber er interessierte sich zumindest auch für meine. Er fragte, wer gerade die Nummer eins in den Charts war oder ob ich mal wieder was Lustiges auf YouTube gesehen hätte. Darüber musste ich immer lachen. Zum Teil, weil er ziemlich alt war und alte Leute eigentlich nicht YouTube gucken. Und teilweise, weil sie ja überhaupt kein Internet hatten und ich folglich wusste, dass er nicht wirklich verstand, worüber ich redete.

Aber er bemühte sich wenigstens. Das war der Unterschied zwischen den beiden. Er versuchte die Kluft zu überbrücken.

Tja, ich wusste es noch nicht, aber Grandma und ich sollten bald herausfinden, dass unsere Welten doch nicht so weit voneinander entfernt waren. Wir sollten schon bald entdecken, wie viel wir *tatsächlich* gemeinsam hatten.

Aber ich greife vor. Zurück in die Küche. Die Augen meiner Mutter hatten sich mit Tränen gefüllt.

»Mum, was ist denn mit Grandad?«, fragte ich.

Mum drehte sich zu mir um. »Er ist gegangen«, sagte sie.

»Gegangen? Wie meinst du das? Warum?«

»Ich weiß nicht«, sagte sie. »Anscheinend haben er und deine Großmutter sich vor zwei Tagen ein bisschen gestritten, und seitdem ist er weg.«

»Weg? Was soll das heißen, weg? Wohin ist er gegangen?« Ich wusste, dass meine Fragen nicht gerade intelligent waren, und sie halfen wohl auch nicht weiter, aber mir fiel nichts anderes ein. Grandad – weg? Sie musste was missverstanden haben.

»Wir *wissen* nicht, wo er hin ist; das ist das Problem«, sagte Mum. »Er hat eine Nachricht hinterlassen, aber Grandma kann sich keinen Reim darauf machen. Ehrlich gesagt, habe ich kaum verstanden, was sie gesagt hat, so hat sie geweint.«

Geweint?

Okay, so viel habe ich euch noch nicht von meiner Großmutter erzählt, aber es gibt eine Sache, die jeder, der sie kennt, bestätigen kann: Grandma weint nicht. Niemals.

Ich erinnere mich, dass ich als Kind die rührseligsten Filme der Welt mit ihr anguckte und mir dabei die Augen ausheulte, während Grandma dasaß und wie eine Wachsfigur aussah – völlig ungerührt. Ich fragte mich manchmal, ob sie überhaupt Gefühle hatte oder ob sie sie irgendwo in sich verschlossen hielt, zugeknöpft wie mit einem Mantel, den sie niemals ablegte.

Ich wandte mich wieder Mum zu. »Grandma hat geweint?«, fragte ich, nur um sicher zu sein, dass ich richtig gehört hatte.

Mum nickte.

Und da wurde mir klar, dass es keinen Sinn hatte, herumzustreiten.

Ich drückte Mums Hand und ging hinauf in mein Zimmer, um zu packen.

»Wieso muss Jamie eigentlich nicht mitkommen?«, fragte ich, nachdem wir zehn Minuten von unserer fünfstündigen Fahrt hinter uns hatten, während ich am Radio herumdrehte, um einen anständigen Sender zu finden.

»Das habe ich dir doch schon gesagt«, erwiderte Mum. »Jamie ist sechzehn, du bist dreizehn. Er kann gut allein im Haus bleiben, wenn Dad bei der Arbeit ist. Und außerdem arbeitet er die ganze Woche im Plattenladen.«

Um ehrlich zu sein, machte es mir nicht viel aus, dass Jamie nicht mitkam. Wir stritten uns sowieso die meiste Zeit, die Woche wäre also nur noch ungemütlicher geworden, als sie so schon werden würde.

Endlich fand ich einen akzeptablen Sender im Radio. Ich schloss die Augen und versuchte nicht daran zu denken, wie sehr ich Jade und Ellen und alles, was wir geplant hatten, vermissen würde.

Und vor allem versuchte ich nicht daran zu denken, was für große Sorgen ich mir um Grandad machte.

»Gut, stellt eure Sachen ab und kommt nach unten. Lynne, du kannst die Vier nehmen; das ist das Zimmer ganz hinten. Die ersten drei Zimmer sind belegt. Amelia, du kannst Zimmer fünf gegenüber haben, solange wir keine kurzfristige Buchung bekommen. Wenn noch jemand kommt, musst du bei deiner Mutter schlafen. Ich setze den Kessel auf.« Grandma ließ uns auf dem Treppenabsatz stehen und ging wieder nach unten in den Pub.

Ich schleifte meine Tasche über den Gang. »Ich heiße nicht *Amelia*«, murmelte ich vor mich hin.

Mum legte mir die Hand auf den Arm. »Bitte, Liebling, mach keinen Aufstand. Sie hat schon genug Sorgen. Wir müssen nicht auch noch was dazupacken. Kannst du dich nicht eine Woche damit abfinden?«

Sie hatte recht. Grandad hatte sich in Luft aufgelöst. Das Letzte, was Grandma jetzt brauchen konnte, war, dass ich einen Wirbel darum machte, wie sie mich nannte. »Okay«, sagte ich mürrisch.

Mum lächelte. »Danke. Nun räum erst mal ein, und wir treffen uns unten, okay?«

Ich stieß die Tür zum Gastzimmer Nummer fünf auf. Es war ungefähr halb so groß wie meines zu Hause. Das Bett nahm den meisten Raum ein, es blieb gerade noch genug Platz für Nachttische an den Seiten, einen Schrank in der Ecke und ein Waschbecken an der gegenüberliegenden Wand.

Ich zog die Gardine zurück und sah hinaus. Draußen war es nieselig und grau, und die Scheibe war beschlagen. Ich rieb mit dem Arm darüber und konnte durch die frei gewischte Fläche die Reihe von Dächern und Schornsteinen sehen, die sich zum Hafen hinüberzogen. Hinter dem Hafen lag das Meer, das sich endlos erstreckte. Wo Meer und Himmel zusammenstießen, war eine verschwommene Linie, aber an einem so grauslichen Februartag war es schwierig, genau zu sagen, wo das eine aufhörte und das andere begann.

Ich stand am Fenster und beobachtete die trostlose Totenstille. Nach ein paar Minuten erschien jemand vor einem Haus und eilte mit gesenktem Kopf den Hafen entlang. Dann wieder nichts. Keine Geräusche. Nichts bewegte sich. Nichts geschah. Das lauteste Geräusch machte der Fensterrahmen, der im Wind knarrte.

Eine ganze Woche, ohne mit meinen Freundinnen reden zu können?

Zum fünfzigsten Mal überprüfte ich den Empfang meines Handys. Immer noch nichts. Das Zimmer kam mir plötzlich noch kleiner und die Luft ein bisschen dünner vor.

Mum klopfte leise und streckte den Kopf zur Tür herein. »Amelia, kommst du runter?«

»Mum, ich heiße nicht Amel-«, setzte ich an.

»Wir hatten das doch besprochen«, sagte sie bestimmt. »Nur eine Woche lang. Nun komm.«

Ich rieb mit dem Ärmel über den Atemhauch, den ich auf der Scheibe hinterlassen hatte, und ließ den beengenden Raum hinter mir.

Mum hakte sich bei mir ein. »Wir beide kommen schon klar, Süße«, sagte sie. »Die Hauptsache ist doch, dass es mit deiner Großmutter auch so ist, hm?«

Ich nickte. »Tut mir leid, ich will ja nicht selbstsüchtig sein«, sagte ich. »Es ist nur …«

»Verstehe ich doch«, sagte Mum und strich mir über den Arm. »Ich weiß, wie viel dir diese Woche bedeutet hat. Tut mir leid, dass ich dich fortzerren musste. Aber nun sind wir hier; lass uns das Beste daraus machen.«

»Okay«, willigte ich ein. »Wir sind für Grandma hier.«

»Na also«, sagte sie. »Ich habe Dad gerade angerufen, um ihn wissen zu lassen, dass wir gut angekommen sind. Er schickt dir das.« Sie gab mir einen Kuss auf den Kopf und lächelte mich an. »Nun komm«, sagte sie, und ich folgte ihr nach unten.

Wir traten durch die Tür hinter der Bar in den Pub. Ich duckte mich unter der Theke durch und folgte Mum durch den Gastraum, wo wir an einem der großen Holztische zwei Stühle herauszogen. An der Bar saßen drei Männer vor ihren Biergläsern und unterhielten sich. Ein älteres Paar saß an einem Tisch. Sie steckten die Köpfe zusammen und tranken eine Flasche Wein miteinander. Grandma kam mit einer Teekanne aus der Küche.

»Hol doch bitte die anderen Sachen, Amelia, ja?«, sagte sie zu mir und deutete auf ein Tablett mit Teetassen auf der Theke.

Ich biss mir auf die Zunge und sagte nichts wegen meines Namens. »Klar«, erwiderte ich mit meinem *Seinett-Lächeln*. Ich fing Mums Blick auf, und sie nickte mir dankbar zu.

Grandma schenkte drei Tassen Tee ein, und wir saßen in unbehaglichem Schweigen beieinander. Mum versuchte Grandma in die Augen zu sehen, ich überlegte, was ich sagen könnte, und Grandma versuchte so zu tun, als sei nichts passiert, während sie langsam Milch in die Tassen goss.

Schließlich setzte sie sich zurück und legte die Hände in den Schoß. »Also«, sagte sie. »Ich nehme an, ihr fragt euch, worum es hier überhaupt geht.«

Ähm. Deshalb sind wir doch quer durchs Land hergefahren.

»Wann du es für richtig hältst«, sagte Mum sanft.

»Genau. Nun, ich kann nicht behaupten, dass ich die Sache auch nur halb verstehe«, sagte Grandma, »aber ich fang mal von vorne an und erzähle euch, was ich weiß.«

Mum nahm ihre Teetasse und nippte daran. Ich sah,

dass ihre Hände zitterten. Sie warf mir einen Blick zu, und ich merkte, dass ich genauso nervös war. Was würden wir zu hören bekommen? Was für eine Woche lag vor uns?

Und was *genau* war Grandad widerfahren?

2

»Alles hat letzte Woche angefangen«, begann Grandma. »Er wachte am Samstagmorgen auf und verkündete, dass wir fortfahren würden. Wir bräuchten mal eine Pause, sagte er, und er wolle mich auf eine romantische Ferienreise entführen.«

»Hatte er ein bestimmtes Ziel im Auge?«, fragte Mum.

»Er sagte, ich könnte auswählen. Wohin ich wollte.«

»Was war denn das Problem?«, fragte ich.

»Das Problem war, dass es diese Woche sein musste, in der schon drei Zimmer gebucht waren. Zum ersten Mal in der Geschichte von Porthaven hat es die Gemeindeverwaltung hingekriegt, ein paar Veranstaltungen für Touristen zu organisieren, und wir werden im Pub wahrscheinlich so viel einnehmen wie seit der letzten Saison nicht mehr. Grandad wollte, dass ich alles absage und ihm und seiner unsinnigen Idee folge.« Sie verstummte und holte Luft. »Dazu kommt, dass wir neulich schon einen katastrophalen Urlaub hatten«, setzte sie verkniffen hinzu.

»Was war das für ein Urlaub?«, fragte ich.

Grandma seufzte. »Auch so ein alberner Einfall von ihm. Kurz vor Weihnachten. Genau, ich erinnere mich jetzt – es war an dem Tag, an dem die neuen Broschüren rauskamen.«

»Was für neue Broschüren?«

»Die, in denen Porthaven seinen Plan kundtut, ein wundervoller Ferienort zu werden – wer's glaubt!«, schnaubte sie. »Harry von der Gemeindeverwaltung kam, um zu fragen, ob wir beim Verteilen helfen könnten. Großvater riss ihm eine Broschüre aus der Hand und drängte Harry praktisch wieder hinaus. Ehe ich michs versah, verschwand er nach oben – eine halbe Stunde später kam er wieder herunter und sagte, wir würden übers Wochenende wegfahren.«

»Und was war daran so katastrophal?«, fragte Mum.

»Nun, wir fuhren los, und es war auch richtig schön – am ersten Abend. Dann ging Grandad am nächsten Morgen spazieren und kam mit einer Migräne zurück, wie ich sie noch nie erlebt hatte. Er verbrachte den ganzen Tag damit, im Dunkeln in unserem Zimmer zu liegen. Ich machte mir ziemliche Sorgen um ihn, aber zum Glück ging es vorbei. Trotzdem, was für ein Urlaubswochenende!«

»Dann wollte er dich jetzt also auf eine schönere Fahrt mitnehmen?«, fragte ich.

»Scheint so.«

»Aber du hast nein gesagt«, gab Mum das Stichwort.

»Natürlich«, sagte Grandma scharf. Zugegeben, sie hat oft so einen scharfen Ton, das war also nicht so ungewöhnlich. Dann runzelte sie die Stirn. Auch nicht ungewöhnlich. Dann sagte sie: »Wisst ihr, was seltsam war?«

Mum und ich schüttelten beide den Kopf.

»Ich glaube, er meinte es nicht ernst«, sagte Grandma leise.

»Warum glaubst du das?«

»Er muss gewusst haben, dass ich den Laden nicht einfach dichtmachen und hier wegfahren würde. Er kann keinen Augenblick ernstlich angenommen haben, dass ich ja sagen würde.«

»Was willst du andeuten?«, fragte Mum.

Grandma seufzte. »Ich weiß nicht. Ich weiß nicht, was ich andeuten will. Aber er kennt mich doch. Er hat gut reden mit seinen unsinnigen Einfällen. Schließlich sitzt er meistens mit den Stammgästen beisammen, trinkt, macht blöde Witze und tauscht mit ihnen Geschichten aus. Ich kümmere mich um die Buchhaltung und plane voraus und sorge dafür, dass wir durchkommen. Er *weiß* das. Er muss gewusst haben, dass ich so was Kindisches und Unverantwortliches nicht mache.«

Sie hatte recht. Grandma hatte alles wie ein Feldwebel im Griff. »Warum hat er dich dann gefragt, wenn er wusste, dass du nein sagen würdest?«

»Das weiß ich nicht«, sagte Grandma. »Ich frage mich nur, ob er einfach die Nase voll hat. Wir haben in letzter Zeit darüber geredet, uns zur Ruhe zu setzen – aber ich sehe keine Möglichkeit, wie das gehen soll. Vielleicht ist das seine Lösung: einfach vor allem wegzulaufen.«

Dann verstummte sie. Noch etwas schien sie zu beunruhigen. Ich sah es ihren Augen an – aber sie würde es bestimmt nie zugeben. Einzuräumen, dass es Probleme gibt, sieht Grandma als Schwäche an. »Natürlich besteht noch eine Möglichkeit«, sagte sie schließlich.

»Welche?«, fragte ich.

»Dass er nach einer Ausrede gesucht hat, vor *mir* davonzulaufen. So zu tun, als wolle er mit mir eine Reise machen, von der er wusste, dass ich niemals zustimmen würde. Wenn ich dann ablehnte, war ich die Böse, und er konnte mit reinem Gewissen abhauen. Er konnte sich selbst sagen, dass er mir jede Gelegenheit geboten hatte mitzukommen.«

Mum streckte die Hand über den Tisch und legte sie auf Grandmas. »So was würde er nicht machen. Er würde dich nicht einfach verlassen.«

Grandma blickte eine Sekunde auf Mums Hand, dann zog sie ihre weg und lächelte uns beide spröde an. »Ich weiß, Liebes. Ich bin sicher, er würde das nicht tun. Es muss eine andere Erklärung dafür geben, dass ich gestern Morgen in einem kalten Bett aufwachte und mein

Mann von der Bildfläche verschwunden war. Ganz bestimmt gibt es die.«

Als sie es so formulierte, musste ich zugeben, dass es nicht allzu gut klang.

Genau in dem Augenblick beugte sich einer der Männer an der Theke vor und läutete die Glocke. »Bedienung bitte!«, rief er, lächelte zu uns herüber und schwenkte das leere Bierglas.

Grandma stand auf. »So. Ich muss mich um den Pub kümmern. Lynne, ich mach dich mal mit allem vertraut, solange es noch einigermaßen ruhig ist. Wenn dann später mehr Betrieb ist, kannst du dich um die Bar kümmern und ich mich um alles andere. Amelia, warum gehst du nicht mit dem Hund raus? Er ist hinten in der Wohnung. Ich habe heute noch keine Zeit gehabt, richtig mit ihm zu laufen, wegen … na ja, du weißt schon. Es ist nicht einfach, den ganzen Betrieb allein zu führen.«

Mum folgte Grandma an die Theke. Ich war nur zu froh, mit dem Hund spazieren zu gehen, daher ging ich ins Wohnzimmer, wo Flake, der fünfjährige Border Collie meiner Großeltern, auf einer Matte vor dem Gasofen lag. Sobald er mich sah, fing er an mit dem Schwanz zu wedeln und klopfte vergnügt damit auf den Läufer.

Ich hockte mich hin und rubbelte ihm den Bauch. »Hallo, Flake«, sagte ich ihm ins Ohr und knuddelte ihn.

»Du bist das erste frohe Gesicht, das ich sehe, seit ich hier bin.«

Er sprang auf und folgte mir aus dem Zimmer. Ich streckte den Kopf in den Pub. »Ich lauf mit ihm an den Strand«, rief ich.

Mum lächelte mir zu. »Danke.«

»Pass auf, dass er keine toten Krebse frisst«, setzte Grandma hinzu. »Die bekommen ihm nicht.«

»Okay.«

Ich rannte nach oben, um meinen Mantel zu holen. Als ich wieder nach unten kam, wartete Flake an der Hintertür auf mich. Er wedelte heftig mit dem Schwanz.

»Komm, Junge, nichts wie raus«, sagte ich, schnappte mir seine Leine, die neben der Hintertür hing, und klickte sie an seinem Halsband fest. Ich knöpfte meinen Mantel zu, und wir machten uns in Richtung Strand und Hafen auf.

Während wir die Straße entlanggingen und Flake vergnügt neben mir hertrabte, konnte ich nicht anders, ich musste daran denken, wie ich den Tag heute eigentlich hätte verbringen sollen. Inzwischen wäre ich im Kino gewesen, hätte Popcorn gemampft und mir mit Jade und Ellen eine Tüte Gummibärchen geteilt. Stattdessen marschierte ich eine leere, enge Kopfsteinpflasterstraße entlang zum Hafen, wo fünf Fischerboote und ein paar Büschel Seetang auf mich warteten.

Als ich am Hafen war, überprüfte ich mein Handy. Immer noch kein Netz. Ich schob es wieder in die Tasche und ging an der Mole entlang bis zum Slipway, wo die Boote ins Wasser geschoben wurden.

Flake rannte begeistert auf den Strand und kläffte vergnügt. Unwillkürlich dachte ich, wie nett es sein musste, ein Hund zu sein. Sie sind so happy und leicht zufriedenzustellen. Ich hatte mir immer einen gewünscht, aber Mum und Dad waren dagegen. Sie sagten, es sei nicht fair, einen Hund zu halten, wo wir alle den ganzen Tag bei der Arbeit oder in der Schule seien. Ich habe mich bisher also mit zwei Rennmäusen und einem Meerschweinchen begnügen müssen. Die ich auch sehr liebhabe – aber sie sind nicht das Gleiche. Man kann sie nicht spazieren führen, und sie wedeln nicht jedes Mal vor Freude mit dem Schwanz, wenn man ins Zimmer kommt.

Früher waren die Wände in meinem Zimmer mit Bildern von jungen Katzen und Hunden und Kaninchen gepflastert. Letztes Jahr, als meine neuen Freundinnen vom Gymnasium mal zum Übernachten kamen, nahm ich sie ab. Ich beschloss, dass es an der Zeit war, flauschige Häschen hinter mir zu lassen. Seitdem waren es vor allem Boy Groups und Filmstars, die meine Wände zierten, aber ganz tief im Herzen vermisste ich heimlich immer noch die Häschen.

Ich hob einen Stock auf, und wie der Blitz saß Flake vor mir, klopfte mit dem Schwanz auf den Sand und fixierte den Stock. Ich warf ihn, und Flake rannte den Strand entlang. Eine Sekunde später waren beide wieder zurück vor meinen Füßen. Während wir also über den Strand spazierten, spielten wir Stöckchen werfen oder herumliegende Stücke Treibholz suchen. Ich vergaß fast, wie unglücklich ich eigentlich war. Unwillkürlich wurde ich von Flakes ständiger Unbändigkeit mitgerissen.

Wir kamen ans Ende vom Strand. Was nun? Umkehren wollte ich nicht. Ich brachte es einfach nicht über mich, den restlichen Tag im Pub zu sitzen, die alten Fischer von ihrem Fang reden zu hören, das bekümmerte Gesicht von Grandma zu beobachten oder Mum dabei zuzusehen, wie sie die Barfrau spielte, während wir alle zu verbergen versuchten, wie besorgt wir waren.

Stattdessen warf ich noch ein bisschen Stöckchen für Flake. Am Ende des Strandes stand eine Mauer mit drei Bögen, die zu einer kleinen sandigen Landzunge führten und in eine alte Betonmauer ausliefen, die mal ein Anleger gewesen war. Er wurde seit Jahren nicht mehr benutzt. Bei Flut war er ganz überspült und die Bögen bis oben voller Wasser.

Mein nächster Wurf ging daneben. Der Stock wurde vom Wind mitgerissen und flog unter den hintersten Bogen. Es herrschte Ebbe, daher stürzte Flake dem Stock hinterher. Ich wartete darauf, dass er mit dem Stock im Maul und wild wedelnd zurückkommen würde. Tat er aber nicht.

Eine ganze Minute verging.

»Flake?« Ich ging hinüber und streckte den Kopf um den Pfeiler. Unter dem Bogen war er nicht.

»Flake?«, rief ich noch mal lauter. Keine Antwort. Kein Flake.

Ich bückte mich und ging unter dem Bogen durch auf die andere Seite. Auf dieser Seite war der Wind stärker, und ich schlug meinen Kragen gegen die Kälte hoch. Der Wind blies Sand über den Strand und riffelte die Wasseroberfläche weiter draußen. Schließlich entdeckte ich Flake ganz am Ende des alten Anlegers. Er war wohl dem Stöckchen nachgejagt und hatte es aus den Augen verloren.

»Flake!«, brüllte ich. Er blickte kurz auf, kam jedoch nicht zurück. Stattdessen stand er einfach nur da und kläffte aufgeregt. Vielleicht war dort ja ein Seehund im Wasser oder so. Ich sah mich nach einem Stock um, mit dem ich ihn ablenken konnte, aber auf dieser Seite der Bögen war nichts. Nur Sand, der von dem ablaufenden Wasser geglättet war.

Wieder duckte ich mich, rannte durch den Bogen zurück und fand einen Stock. Als ich zurückkehrte, war Flake immer noch am Ende des Anlegers. Er sprang aufgeregt umher und bellte und wedelte mit dem Schwanz. Wieder rief ich nach ihm, und wieder beachtete er mich nicht.

»Flake, was ist denn da?« Als ich näher kam, konnte ich erkennen, was er anbellte: einen altmodischen Fischerkahn wie die im Hafen. Er war an dem einzigen Verankerungsring festgemacht, der sich noch am Ende des alten Anlegers befand, zerrte an dem Tau und schaukelte auf den Wellen. Ich hatte ihn vorhin nicht bemerkt. Er musste jenseits des Anlegers gelegen haben, und der Wind hatte ihn herübergetrieben, als ich den Stock suchte.

Flake kläffte noch lauter und sprang noch wilder herum, als ich mich näherte. Erst als ich bei dem Kahn ankam, konnte ich sehen, warum er so aufgeregt war: Drei Fangkörbe für Krebse lagen darin. Er musste sie gerochen haben, als er durch die Bögen gelaufen war.

»Flake, du darfst doch keine Krebse – sie bekommen dir nicht.«

Als ob er mich verstehen könnte, warf mir Flake einen kläglichen Blick zu und jaulte leise – und dann, ehe ich merkte, was er vorhatte, sprang er hinüber in den Kahn!

»Flake! Was machst du denn da? Das ist doch nicht unser Boot!« Ich wedelte mit dem Stock. »Guck mal. Stöckchen. Hol's!«

Doch Flake war zu fasziniert von den Krebskörben,

um sich von einem ollen Stock ablenken zu lassen. Er scharrte an den Körben und versuchte daran zu lecken. Zum Glück waren sie alle leer. Nur ungern hätte ich Grandma eingestanden, dass Flake jemandem den Tagesfang an Krebsen weggefressen hatte. Und mit den möglichen Auswirkungen hätte ich es auch nicht gerne zu tun gehabt. Ich hatte Flake schon erlebt, wenn ihm etwas nicht bekommen war. Ohne in die Einzelheiten zu gehen – schön war das nicht! Außerdem konnte ich seinen traurigen, kläglichen Blick nicht ertragen, wenn es ihm schlechtging.

»Flake, komm her. Runter von dem Boot!«, rief ich. Er hörte nicht auf mich.

Ich trat näher an den Kahn. Er lag jetzt längsseits des Anlegers. Taue stapelten sich in ordentlichen Ringeln auf dem Boden. Weiter hinten lag ein Haufen gefalteter Fischernetze. In der Mitte des Bootes befand sich ein winziges Ruderhäuschen mit einem großen hölzernen Steuerrad. An der Tür, die geschlossen war, lehnten die Krebskörbe. Flake stand davor, jaulte und scharrte daran.

»Flake, zwing mich nicht, rüberzukommen und dich zu holen, sonst werde ich böse«, sagte ich so streng wie möglich.

Er beachtete mich *immer* noch nicht.

Jetzt reichte es mir. Ich musste tatsächlich an Bord steigen und ihn holen.

Vom Anleger aus stieg ich auf die Reling und sprang von dort hinunter auf das Deck neben Flake. Er machte einen Satz und sah mich mit einem erschrockenen Ausdruck an.

»Was ist? *Du* kannst wohl einfach auf irgendein Boot springen, das hier am Ende der Welt festgemacht ist, aber ich darf das nicht?«

Flake wedelte mit dem Schwanz.

»Das ist wohl deine Standardantwort?«, fragte ich lachend. »Komm. Wir müssen zurück.«

Ich befestigte seine Leine wieder am Halsband und machte kehrt. Doch im Umdrehen traf eine Welle die Bordwand und hob das Boot so plötzlich an, dass ich gegen die Reling sackte. Als ich danach griff, um mein Gleichgewicht wiederzubekommen, fiel mein Blick auf einen Verschlag, eine Art Kasten im hinteren Teil des Bootes. Der Riegel war offen, und durch die Bewegung des Bootes war die Tür aufgegangen.

Ich wollte sie zudrücken – doch etwas in dem Kasten zog meinen Blick an. Die späte Nachmittagssonne stand niedrig genug, um etwas Glänzendes darin aufleuchten zu lassen. Was war das?

Ich hätte wohl lieber gehen sollen, aber die Reflexion des Lichts traf mich direkt ins Auge. Es fühlte sich fast so an, als würde mir ein Code mitgeteilt, allein für mich, der mich anzog – und ich konnte nicht widerstehen.

Was immer dort in dem Kasten lag, blitzte erneut auf. Was war es nur? Ich musste es herausfinden!

Ich sah mich um, weil ich sicher sein wollte, dass mich niemand beobachtete. Ich wollte lieber nicht, dass jemand sah, wie ich in einem Kasten stöberte – auf einem fremden Boot, auf dem ich eigentlich gar nichts zu suchen hatte.

Kein Mensch weit und breit.

Ohne noch eine Sekunde zu zögern, kniete ich mich hin und griff in den Verschlag.

Frank

Vierzehn Tage lang war er an dem Laden vorbeigegangen. Jedes Mal hatte er gespürt, wie sein Puls schneller ging. Sie war immer noch da, stand im Vorhof. Sie war eine Schönheit.

Eine sechs Meter lange Jolle. Gelber Rumpf, Innenbord-Dieselmotor, achtern ein Segel, Ruderhaus in der Mitte, gerade groß genug für zwei. Sie war genau, was er brauchte. Jetzt, wo seine Frau ein Kind erwartete, war es an der Zeit, sein geliebtes Ruderboot einzutauschen. Damit konnte er niemals ausreichend fischen, um eine Familie zu versorgen.

Am Morgen war er bei der Bank gewesen und hatte endlich das Darlehen zugesagt bekommen, das er benötigte. Er zog das Schreiben aus der Tasche und las es zum zwanzigsten Mal durch, nur um sich zu vergewissern.

Ja, es war so. Er hatte das Geld.

Er stieß die Tür auf. Er war noch nie drinnen gewesen, und er zögerte unter der Tür und sah sich in dem vollgestopften Laden um. Dicht an dicht standen Reihen von Regalen, jedes bis oben hin voll mit allen möglichen Sachen. Taue in hundert verschiedenen Längen und Farben, Anker in fünfzig Größen, Büchsen mit Schiffsfarbe, Öljacken, Kübel und Ei-

mer – und dazwischen alle möglichen seltsamen Dinge. Eine Küchenspüle lag umgekippt in einer Ecke, ein großer Schirm stand aufgespannt über einem Gartenzwerg in einer anderen. Ein Regal voller Tierfiguren, ein anderes mit alten Büchern – es war, als habe der Ladenbesitzer einen ganzen Straßenzug voller Häuser entrümpelt und den Inhalt in sein Lager gestopft.

Frank räusperte sich. »Hallo?«, rief er.

Aus einem Hinterzimmer des Ladens hörte er es rascheln. Kurz darauf erschien ein junger Mann. Er konnte nicht viel älter als ein Teenager sein – auf jeden Fall jünger als Frank. Aber im Gegensatz zu Frank, der für den Bankbesuch seinen besten Sonntagsanzug angezogen hatte, sah dieser junge Mann aus, als sei er gerade aus dem Bett gestiegen.

Seine lockigen Haare – braun mit hellblonden Strähnen – standen in alle Richtungen. Sein Gesicht war pockennarbig, was wohl von einer Akne herrührte, und was er anhatte, passte so wenig zueinander wie die Sachen in seinem Laden. Eine helle, weite Hose, ein dunkelbraunes Hemd, das halb heraushing und schief zugeknöpft war. Sein Blick aus durchdringenden grünen Augen fixierte Frank.

»Tut – tut mir leid, dass ich störe«, stammelte Frank.

Der junge Mann zuckte mit den Schultern, griff unter den Ladentisch und zog einen Tabakbeutel und Blättchen hervor. Er drehte sich eine Zigarette und bot Frank den Beutel an.

»Nein, danke«, sagte Frank.

Der Bursche zog ein Feuerzeug aus der Tasche und zündete seine Zigarette an. Dann wandte er sich Frank wieder zu. Er klemmte die Zigarette zwischen die Lippen und fuhr sich mit der nikotinbefleckten Hand durch seine unordentlichen Haare. »Eric Travers. Wie kann ich dienen?«, sagte er, als ob er den Erwachsenen nur spielte. »Was darf's denn sein?«

Frank deutete nach draußen. »Die Jolle«, sagte er.

»Ah ja, hab schon bemerkt, wie Sie sie beäugt haben. Haben Sie sich schon dafür entschieden?«, fragte Eric.

»Hab mich dafür gleich am ersten Tag entschieden«, erwiderte Frank. »Musste nur erst den Banker überreden zuzustimmen.«

Eric lachte. »Und, hat er?«

Frank zog das Schreiben aus der Tasche und reichte es hinüber.

Eric setzte sich auf einen alten Hocker und überflog das Schreiben. »Tja, dann brauch ich nur einen Scheck, und es sieht so aus, als ob sie Ihnen gehört«, sagte er.

Frank schob die Hände in die Taschen, um keinen Freudensprung zu machen und die Fäuste in die Luft zu stoßen. »Wirklich? So ohne Umstände?« Er zog sein Scheckbuch heraus, schrieb rasch einen Scheck aus und reichte ihn Eric.

»Ganz ohne Umstände«, sagte Eric, warf eine Blick auf den Scheck und zog an seiner Zigarette. Dann hustete er, stand von seinem Hocker auf und verschwand in dem Raum hinter seinem Laden.

Er blieb fast fünf Minuten lang fort. Sollte Frank hier im Laden warten? Oder Eric nach hinten folgen? Rausgehen? Er trat unruhig von einem Fuß auf den anderen, kaute an den Nägeln und wusste nicht, was er tun sollte.

Er war drauf und dran zu gehen, als Eric mit einem großen Beutel in der Hand zurückkehrte. »Dann wollen wir sie mal begutachten«, sagte er, und Frank folgte ihm hinaus.

Zusammen inspizierten sie das Boot. Eric zeigte ihm die Steuerelemente, die eingebauten Laderäume und so weiter, und Frank nahm alles mit großen Augen und klopfendem Herzen auf. »Sie scheinen sie ja in- und auswendig zu kennen«, sagte er.

»Sie hat meinem Alten gehört«, erwiderte Eric. »Er hat sie vor Jahren nach einer stürmischen Fahrt weggestellt und ist nie mehr darin rausgefahren. Sagte, er hätte genug vom Meer, gab sein Leben als Fischer auf und eröffnete das Schiffland. Vor fünf Jahren ist er gestorben.« Eric breitete die Arme aus, um anzudeuten, was er geerbt hatte.

»Tut mir leid«, sagte Frank.

Eric nickte. »Hab den ganzen Laden mal umgekrempelt und bin in dem Bootsschuppen hinten wieder auf die Jolle gestoßen. Hatte sie fast schon vergessen. Hab dann beschlossen, sie mal zu überholen und abzuwarten, ob ich ein gutes Zuhause für sie finde.«

»Bei mir ist sie in guten Händen«, sagte Frank. »Versprochen.«

»Klar, den Eindruck hab ich auch.«

Mit einem Handschlag besiegelten sie den Handel, und Eric reichte Frank den Beutel, den er dabeihatte. »Gehört zu der Jolle.« Er deutete auf das Ruderhaus. »Da ist 'ne Halterung dafür drin. Passt wie angegossen rein.«

Frank öffnete den Beutel. Darin war ein Messingkompass, unter dessen Glaskuppel eine Nadel zuckte. Frank sah zu Eric auf. »Der ist ja schön«, sagte er.

»Gehört Ihnen, wenn Sie ihn wollen.«

»Wie könnte ich ablehnen?«

»Mein Alter sagte, er sei nicht immer ... wie soll ich es ausdrücken?« Eric blickte zum Himmel auf. »Zuverlässig«, sagte er schließlich. Er ließ seine Zigarette fallen und zertrat sie mit dem Fuß.

»Inwiefern?«

»Scheint sich wohl ab und zu komisch zu gebärden«, sagte Eric. »Mein Alter wollte nicht viel dazu sagen – aber unter uns, ich hab mich immer gefragt, ob er deshalb die Fischerei aufgegeben hat. Eines, was er gesagt hat, ist mir allerdings im Gedächtnis geblieben.«

»Was war das?«

»Er hat gesagt, meistens würde der Kompass ganz traumhaft funktionieren. Konnte einen bis ans Ende der Welt leiten. Aber ab und an, wenn die Nadel auf Norden zeigte und ein Windstoß von der anderen Seite kam, dann würde die Nadel anfangen, sich wild zu drehen.«

»Ein mechanischer Fehler?«

»Nennen Sie es, wie Sie wollen. Mein Alter fand nie eine Erklärung dafür. Hat nur gesagt, man könnte ganz prima damit segeln, bis das auftrat. Wenn die Nadel dann aufhörte, sich zu drehen, zeigte sie immer noch nach Norden, aber man hätte sich plötzlich ganz woanders befunden.«

»Ganz woanders? Wo denn?«

Eric zuckte die Schultern. »Na ja, nördlich von Nirgendwo, mehr sagte er nicht.«

Frank schluckte, und ein Schauer durchlief ihn.

»Wollen Sie ihn trotzdem?«, fragte Eric.

Der Bursche spann bestimmt nur Seemannsgarn. Solche Typen waren ihm schon öfter begegnet. Die meisten Fischer aus der Gegend erzählten die eine oder andere seltsame Geschichte von ihren Fahrten auf dem Meer. Das sollte ihn nicht abschrecken. »Ja, ich will ihn trotzdem«, sagte er und nahm den Kompass entgegen.

Liebevoll ließ er den Blick über sein neues Boot gleiten, dann drehte er sich um und wollte sich erneut bedanken. Eric war bereits zur Tür seines Ladens zurückgegangen. »Danke!«, rief Frank.

Als Antwort winkte Eric nur mit der Hand, ohne sich umzudrehen. »Kümmern Sie sich um sie, dann wird sie auch auf Sie aufpassen«, erwiderte er.

Und dann war er fort, und Frank stand auf dem Vorhof, den Bootsschlüssel und den Kompass in seinen Händen. Er kletterte in die Jolle und sah sich stolz in seinem Neuerwerb um. Er öffnete die Tür zum Ruderhaus und nahm den Kompass aus dem Beutel.

Als er ihn behutsam einsetzte, schüttelte er sich und verbannte die albernen Geschichten des Ladenbesitzers aus seinem Kopf.

Nichts würde ihm den Tag vermiesen. Diesen Tag, an dem er endlich ein richtiger Fischer wurde – und auch noch bald Vater werden sollte. Er küsste den Anhänger, den er immer um den Hals trug und der die Form eines Ankers hatte, und dankte seinem Glücksstern.

Nördlich von Nirgendwo, pah. Dieses Boot würde ihn überallhin tragen!

3

Flake interessierte sich plötzlich mehr für das, was ich tat, als für die Krebskörbe. Vielleicht hatte er endlich begriffen, dass keine Krebse darin waren und dass es keinen Sinn hatte, den Eingang zu suchen.

Oder aber er war genauso fasziniert wie ich.

Ich tastete in dem Kasten herum und zog das Einzige heraus, was darin war. Es war ein Buch, nur, dass es ganz anders aussah als alle Bücher, die ich bisher gesehen hatte. Der Einband war aus dunkelbraunem Leder. Hellere Lederstreifen waren darauf zu einem Spiralmuster verwoben.

Mitten in der Spirale war das Ding, in dem sich das Sonnenlicht gespiegelt hatte: ein schimmernder goldener Stein. Er war wunderschön. Das ganze Buch war schön. Es kam mir wie aus dem Gemach eines uralten Zauberers vor.

Ich hob das Buch hoch und schnupperte daran. Es roch stark nach altem Leder. Wieder sah ich mich um, da ich mir wie ein Dieb vorkam, dann schlug ich das Buch auf. Sogar die Seiten waren ungewöhnlich: dünnes feines Papier, auf jeder Seite ein Wasserzeichen.

Ich hatte noch nie ein Tagebuch geführt, aber wenn ich so ein Buch gehabt hätte, dann hätte ich bestimmt damit angefangen. In so ein Buch konnte man alles schreiben, was einem durch den Kopf ging. Die Seiten waren mit einer winzigen, säuberlichen Handschrift gefüllt.

Ich wusste, dass es unrecht war, aber ich konnte nicht anders. Ich schlug das Buch auf.

Mir ist so langweilig. Das Wetter war heute schlecht, also wieder keine Schule. Nicht, dass ich auf die Schule scharf bin. Aber man hat wenigstens was zu tun. Und ich kann meine Freundinnen treffen. Wenn die anderen Mädchen doch nur nicht alle auf dem Festland wohnen würden. Ich kann es nicht ausstehen, anders zu sein als alle anderen und vom Wetter und den Gezeiten abhängig zu sein, um rechtzeitig in die Schule zu kommen.
Es würde mir nicht so viel ausmachen, die Schule zu verpassen, wenn ich liegen bleiben und nichts tun könnte oder vielleicht den ganzen Tag vor dem Kamin sitzen und ein Buch lesen könnte. Das wäre ja SO schön!
Aber nein. Sobald Vater sagte, dass ich nicht zur Schule könne, war Schluss mit liegen bleiben: Mutter scheuchte mich aus dem Bett, und ich musste kochen, flicken, streichen und ganz allgemein bei den langweiligsten Hausarbeiten der Welt helfen. Ehrlich, manchmal komme ich mir vor wie eine Dienstmagd.

Tut mir leid. Ich weiß, das ist unfair. Und laut würde ich es auch keinem sagen. Das hier ist der einzige Ort auf der Welt, wo ich eingestehen kann, wie ich mich wirklich fühle. Liebes Tagebuch, wo wäre ich ohne dich? Du bist wie eine beste Freundin. Die beste Freundin, die ich habe, denn wer will schon eine beste Freundin, die man nur über eine kabbelige See erreichen kann – falls man überhaupt die Gelegenheit hat, auf ein Boot zu kommen.
Es ist ungerecht. Ich überlege mir, in Streik zu gehen. Oder davonzulaufen.
Genau. Ich überlege. Das ist das Einzige, was mir jemals einfällt. Denken. Träumen. Mir ein anderes Leben vorstellen.
Ach herrje. Mutter ruft. Ich höre lieber auf.
Bis später,
D xx

Ich starrte die Seite an – und kam mir plötzlich schlimmer als ein Dieb vor. Ich wusste, ich sollte nicht herumschnüffeln – aber diese ›D‹ klang genau wie ich! Ich hatte den Eindruck, sie ganz und gar zu verstehen. Sie war die erste Person in Porthaven, die meine Sprache zu sprechen schien. Und die erste, die so klang, als hätte sie die Nase genauso voll wie ich. Vielleicht würde es ihr ja *gefallen*, ihre Überlegungen mit mir zu teilen.

Ich blätterte um.

Liebes Tagebuch,
erst mal muss ich mich für gestern entschuldigen. Ich hatte so eine Stinklaune. Manchmal tust du mir echt leid. Du bekommst meine ganzen Ausbrüche und Meckereien ab. Hoffentlich verzeihst du mir!
Wie sich herausstellte, wurde der Tag doch noch ganz toll. Als ich rausging, um die Wäsche abzuhängen, fiel mir auf, dass sich in der Bucht etwas bewegte. Ich brachte die Wäsche so schnell wie möglich rein und rief nach Mutter. Sie kam und schaute hinüber, und wir kamen zu dem Schluss, dass es wahrscheinlich die Seehunde waren — aber wir konnten beide nicht erkennen, warum sie so aufgeregt herumplanschten.
Ich ließ Mutter mit der Wäsche allein und rannte hinunter zur Bucht, um besser sehen zu können. Und nun rate mal!
Seehundbabys! Hier in unserer Bucht. Ach, waren die süüüß! Ganz viele, vielleicht zwanzig oder mehr, zusammen mit ihren Müttern. Alle tollten herum und kamen mit ihren kleinen Köpfen hoch und tauchten wieder unter, während ihre Mütter hinter ihnen herjagten, um sie zu füttern und zu putzen.
Ich liebe mein Leben ja so! Ich möchte nie woanders leben als auf Luffsand!
Alles Liebe
D xx

Sie liebte Tiere genauso sehr wie ich! Sie klang jetzt noch mehr wie ich!

Ich blätterte weiter und schlug irgendeine andere Seite auf.

Es regnet und ich sitze im Haus fest. Ich kann nicht nach draußen und nach Tieren Ausschau halten oder ein paar frühe Schneeglöckchen pflücken. Ich langweile mich. Bin einsam. Hab die Nase voll. Manchmal habe ich das Gefühl, dass es auf der ganzen Welt keine einzige Person gibt, mit der ich reden kann und die mich versteht. Ich habe Freundinnen, klar. Aber wir reden eigentlich nie über Dinge, die von Bedeutung sind, und sie verstehen mein Leben nicht <u>wirklich</u>. <u>Sie</u> müssen sich nicht nach dem Wetter und den Naturgewalten richten oder sind von ihren Eltern abhängig, um irgendwo hinzukommen.
Es ist so ungerecht. Das habe ich kürzlich auch zu Mutter gesagt, aber sie erwiderte, ich könnte mich glücklich schätzen und sollte für das Leben, das wir führen, dankbar sein. Vater lachte nur und schüttelte den Kopf. Er würde kein anderes Leben wollen, nicht mal für eine Million Pfund!
Wenn ich nur eine richtige Freundin hätte hier in unserem komischen kleinen Dorf – und mehr Abwechslung, damit mir nicht so langweilig wird. Vielleicht sollte ich noch andere Sachen als nur Tagebuch schreiben. Vielleicht könnte ich ja so tun, als sei dies Zimmer mein geheimes Türmchen in einer Burg und als wären diese Seiten für einen ganz persönlichen Roman gedacht. Dann könnte ich mich vor der Welt verstecken und Tag und Nacht schreiben und würde mich nicht so grämen. In dieses schöne Buch

könnte ich alles schreiben, was mir so einfallen würde, habe ich das Gefühl.

Genau, was ich vorhin gedacht hatte – fast Wort für Wort. Sie war wirklich wie ich! Nur, dass sie keine beste Freundin hatte. Das war wirklich traurig. Vielleicht konnte *ich* ja ihre beste Freundin werden, zumindest in dieser Woche. Ich hatte hier überhaupt keine Freunde.

Ich blätterte zum letzten Eintrag. Er hatte das heutige Datum.

Da sitze ich nun hier in Porthaven in unserem Kahn im Hafen und warte mal wieder auf Vater. Er braucht immer SO lange. Er sagte, ich solle pünktlich zurück sein, deshalb habe ich meine Freunde zurückgelassen, um ihn hier zu treffen. Dabei hätte ich eigentlich noch eine halbe Stunde bei ihnen bleiben können, denn ich sitze ganz allein hier und warte seit einer Ewigkeit. Ich gebe ihm noch ein paar Minuten, dann mache ich mich auf und suche ihn. Er hat gesagt, dass er gleich nach der Fischauktion zurückkommt, aber ich kenne ihn ja. Er sitzt wahrscheinlich im Pub mit seinen Kumpels.

Im Pub! D's Vater war einer der Männer, die in das Gasthaus von Grandma und Grandad kamen. Vielleicht kannten wir ihn. Vielleicht hatte ich sie sogar schon mal gesehen!

Ich las weiter.

Ich freue mich auf morgen. Vater hat versprochen, dass ich ihm auf der Auktion helfen kann. Nicht, dass ich so was normalerweise spannend finde, aber die Auktion auf dem Sonntagsmarkt ist immer ein bisschen anders, und meine Freunde und ihre Familien sind auch da. Mit ein bisschen Glück können wir unseren Eltern entwischen und Spaß haben, während sie ihren langweiligen Kram machen!
So. Jetzt sollte er aber wirklich hier sein. Ich gehe und suche nach ihm.
Bis später, Tagebuch,
D xx

Ich klappte das Tagebuch zu und legte es wieder in den Kasten. Plötzlich war ich hin- und hergerissen zwischen einem schlechten Gewissen, weil ich ein privates Tagebuch gelesen hatte, und dem aufregenden Gedanken, dass ich hier in diesem Kaff vielleicht tatsächlich jemanden gefunden hatte, mit dem ich mich anfreunden konnte.

»Was meinst du, Flake? Sollen wir versuchen, die geheimnisvolle D zu finden? Hey, das klingt fast wie ein Name! Ich werde sie von nun an *Dee* nennen!«

Flake sah zu mir auf und wedelte mit dem Schwanz. Ich lachte und bückte mich, um ihn zu kraulen.

Was ich auch unternehmen würde, zuerst musste ich zurück in den Pub. Es wurde allmählich dunkel. Ich war bestimmt schon eine Stunde weg, und Mum und Grandma wunderten sich sicher, wo wir abgeblieben waren.

Flake und ich sprangen vom Boot und liefen auf den Strand zurück. Flake jagte Möwen und bellte Seetangbüschel an, während ich zurück in den Ort eilte und überlegte, ob meine neue Freundin womöglich im Pub auf uns wartete.

»Da bist du ja! Na, dann nimm Flake mal mit nach hinten und reibe ihn trocken, und dann kannst du uns helfen, Gläser abzuräumen«, sagte Grandma und nickte mir mit einem verkniffenen Lächeln dankbar zu.

Ich beschloss, dass Grandmas Begrüßung wohl einfach ihre Art war und sie eigentlich hatte sagen wollen: »Ach, mein liebes Mädchen, du warst ja eine Ewigkeit weg. Du hast und so gefehlt, denn wir lieben es mehr als alles andere, dich um uns zu haben, und machen uns Sorgen, wenn du nicht da bist«, und ich ging nach hinten, um zu tun, was sie mir aufgetragen hatte.

Ich rubbelte Flake mit einem alten Handtuch ab, das an der Hintertür hing. Nur zu gerne half ich beim Gläser abräumen, denn das gab mir die Gelegenheit, mir die Leute im Pub anzusehen und nach Dees Vater Ausschau zu halten – und vielleicht sogar nach Dee selbst.

Nur, dass kein Mensch in der Nähe war, der nicht mindestens fünfzig Jahre älter war als ich, und ich war auch ziemlich sicher, dass keiner der Männer Dees Vater sein konnte. Zum einen sahen sie alle zu alt aus, und zum anderen – na ja, sie sahen einfach nicht so aus, wie ich mir ihren Vater vorstellte.

Die nächste halbe Stunde verbrachte ich damit, Tische abzuräumen und Gläser zu spülen. Dabei versuchte ich, nicht daran zu denken, wie langsam die Zeit in Porthaven verging.

Gerade kam in mir der verzweifelte Wunsch auf, mich zu verdrücken, als Grandma mir unverhofft entgegenkam.

»Amelia, Liebes, würdest du bitte den Abfall wegbringen?«, sagte sie. »Wirf ihn in die große Tonne am Ende des Weges.«

Normalerweise hätte Abfall entsorgen so ziemlich an letzter Stelle der Liste von Dingen gestanden, über die ich mich freute, übertroffen nur noch davon, mir die Zehen abzunagen und sie zum Essen zu verspeisen. Aber in dieser Situation machte es mir nichts aus.

Ich zog meinen Mantel an, schnappte mir den müffelnden Müllsack und brachte ihn hinaus zu der Abfalltonne.

Dann warf ich einen Blick zum Hafen hinunter.

Vielleicht lag der Kahn ja noch dort. Vielleicht hatte

ich nicht mitgekriegt, wie Dee und ihr Vater den Pub verlassen hatten.

Ich konnte in weniger als zehn Minuten wieder zurück sein. Grandma würde nicht mal merken, dass ich zu lange weg war. Und wenn doch, konnte ich einfach behaupten, der Müllsack sei geplatzt und ich hätte herumkriechen und den ganzen Abfall aufsammeln müssen oder so ähnlich.

Ehe ich es mir ausreden konnte, rannte ich zum Strand hinunter.

Dee war nicht dort – und der Kahn auch nicht. Ich hatte sie verpasst. Ich musste auf den nächsten Tag warten. Grandad hatte mir schon von dem Sonntagsmarkt erzählt, aber wir waren noch nie in Porthaven gewesen, wenn er abgehalten wurde.

Ich tröstete mich mit dem Gedanken, dass wir morgen wahrscheinlich hingehen könnten, und mit der Hoffnung, dass Grandad bis dahin wieder aufgetaucht war und ich eine neue Freundin gefunden haben würde.

Es musste doch irgendwann in dieser Woche irgendwas Gutes passieren – oder?

4

Ausnahmsweise war ich schon auf und angezogen, ehe Mum nach mir rief. Sie klopfte leise und streckte den Kopf zur Tür herein.

»Meine Güte«, sagte sie und sah auf ihre Uhr. »Ist meine Uhr stehengeblieben? Oder schlafe und träume ich noch?«

Schon gut, Mum, haha, sehr witzig.

»Es ist doch schön draußen, daher dachte ich, ich steh mal früh auf und geh mit dem Hund raus«, erwiderte ich.

Mum warf einen Blick aus dem Fenster. Der Regen lief in langen krummen Rinnsalen an der Scheibe hinunter.

»Na gut, vielleicht nicht gerade schön. Aber ich wollte einfach aufstehen. Ist doch kein Verbrechen, oder?«

»Ich nehme an, strenggenommen gilt es tatsächlich nicht als Verbrechen«, sagte sie. »Aber ich bin ziemlich sicher, dass man es als *höchst ungewöhnliche Handlungsweise* klassifizieren würde.« Dann lächelte sie und streckte die Hand aus. »Komm, Mia, Liebes. Frühstücken wir erst mal, ehe du rausgehst.«

Und da sie mich Mia genannt hatte, beschloss ich, ihr den Sarkasmus durchgehen zu lassen.

Ich verschlang mein Frühstück so schnell, wie es die Höflichkeit und die Vermeidung des Risikos, Bauchweh zu bekommen, zuließen, stellte meinen Teller auf die Spüle und nahm Flakes Leine von der Hintertür. »Also, dann geh ich mal mit Flake raus«, sagte ich.

»Das wäre lieb von dir«, erwiderte Grandma und setzte wieder ihr verkniffenes Lächeln auf. Um genau zu sein, war dieses noch verkniffener als die anderen bisher. Sie hatte immer noch nichts von Grandad gehört.

Zwei Tage lang nicht.

Ich versicherte mir dauernd selbst, dass es eine ganz logische Erklärung für sein Verschwinden geben musste. Bestimmt hatte er sie nicht verlassen. Er wäre nicht einfach so abgehauen. Ohne jede Erklärung. Er verließ sie bestimmt nicht, und ich wusste, dass er mich nicht verlassen würde.

Ich wollte nicht darüber nachdenken. Mein Magen krampfte sich zusammen und grummelte schmerzhaft, sobald ich damit anfing. Stattdessen konzentrierte ich mich intensiv darauf, Flake die Leine anzulegen und seinen Ball aus der Kiste mit seinen Spielsachen zu fischen.

»Bis bald«, rief ich über die Schulter. Ich schloss die Tür hinter mir und drehte mich nach Flake um. »Also,

Junge, sollen wir zum Hafen und nachsehen, ob Dees Boot dort ist? Heute finden wir eine neue Freundin!«

Flake schlug aufgeregt mit dem Schwanz auf den Boden. Flake musste man nur ansehen oder ihm irgendwas über den Strand werfen, und schon war er zufrieden. Schade, dass es bei den Menschen nicht auch so war.

Ein paarmal warf ich den Ball für Flake. Jedes Mal brachte er ihn zurück, ließ ihn zu meinen Füßen fallen und schmiegte sich an meine Beine, weil er gestreichelt werden wollte.

»Flake, du bist eindeutig das Beste an diesem Ort«, flüsterte ich in sein Fell, drückte ihn fest und gab ihm einen Kuss auf den Kopf. Dann legte ich ihm wieder die Leine an und ging am Hafen vorbei auf die Seite, wo die Fischauktion stattfand.

Doch als ich am Fischmarkt ankam, waren die Türen zur Halle zu. Ich versuchte sie aufzudrücken, aber sie waren mit einer Querstange verriegelt, an der ein Vorhängeschloss hing.

Ich ging um das Gebäude herum und suchte einen anderen Eingang. Es gab keinen.

Hinter der Halle war ein Mann in Wachsjacke und Gummistiefeln. Er saß auf einer Holzkiste und entwirrte ein grünes Seil, das völlig verknotet war. Als Flake und ich vor ihm stehen blieben, blickte er auf.

»Alles in Ordnung? Kann ich helfen?«, fragte er.

»Ich – äh, ich wollte zu der Auktion«, sagte ich verlegen. »Ich dachte, sie wäre heute.«

»Auktionen sind Montag, Mittwoch und Freitag.«

»Aber die Auktion, die am Sonntagsmarkt sein soll. Ist die nicht auch hier?«

Der Mann schüttelte den Kopf. »Nicht in dieser Woche, Schätzchen. Die Fischer haben einen schlechten Fang gemacht. Nächste Woche wieder.«

Ich wandte mich zum Gehen. »Ach so. Entschuldigung. Danke.«

Flake und ich stapften zum Strand zurück. Dee hatte wahrscheinlich erfahren, dass der Markt nicht stattfand, und war gar nicht gekommen. Das war's dann wohl mit meiner neuen besten Freundin. Und mit dem wunderbaren Tag, den ich mir vorgestellt hatte. Dafür war ich so früh aufgestanden und musste nun noch mehr von diesem Tag hinter mich bringen!

Ich schlurfte trübsinnig den Strand entlang, während Flake jedes Holzstückchen, das er fand, aufnahm und zu meinen Füßen fallen ließ. Ich warf sie für ihn, aber ich war nicht mehr richtig bei der Sache. Bald waren wir wieder bei den Bögen. Der Wasserstand war etwas höher als bei meinem Spaziergang gestern, und unter den Bögen schwappten Wassertümpel. Ich krempelte die Hosenbeine hoch und watete unter den Bögen durch auf die andere Seite. Ich wusste nicht mal so recht, warum ich mir die Mühe machte, denn das Boot würde ja bestimmt nicht dort liegen. Aber ich konnte nicht anders, ich musste nachsehen, nur zur Sicherheit.

Wir kamen unter den Bögen hervor und liefen über die sandige Landzunge bis ans Ende des Anlegers.

Es war da! Das Boot war da! Dee war also *doch* in Porthaven! Aber wo steckte sie? Und wenn kein Markt war, warum war sie gekommen?

Da gab es nur eines: nur eine Möglichkeit herauszufinden, was sie vorhatte und wo ich sie finden konnte. Ich musste noch einen Blick in ihr Tagebuch werfen.

Ich hatte ein schlechtes Gewissen dabei, und ich kam mir wieder wie ein Einbrecher vor, als ich auf das Boot schlich, aber die geheimnisvolle Geschichte stachelte mich nur noch mehr an, Dee zu finden.

Das Tagebuch lag in dem Kasten. Ich schlug es bei dem neuesten Eintrag auf. Er trug das heutige Datum!

Hurra! Heute gehen wir auf den Sonntagsmarkt! Vater hat mir etwas zusätzliches Taschengeld gegeben. Er sagt, dass ich es ausgeben kann, wofür ich will. Ich habe den ganzen Monat lang gespart, daher hoffe ich, dass ich genug habe für das Kleid, das

ich letztes Mal gesehen habe. Ich versuche mal, ob ich mich mit ein paar der Mädchen aus der Schule treffen kann.
Eine ganze Clique hat sich verabredet. Sie haben mich nicht ausdrücklich aufgefordert, auch dazuzukommen. Daran bin ich gewöhnt. Nachdem ich sie so oft im Stich gelassen habe wegen den Gezeiten oder weil das Wetter nicht günstig war, mache ich ihnen keinen Vorwurf, dass sie mich aufgegeben haben. Hoffentlich macht es ihnen nichts, wenn ich nun doch auftauche. Und wenn ich sie nicht finde, dann ist da ja immer noch Richard aus der Klasse über uns, der in dem Café hinter dem Fischmarkt arbeitet. Er hat mir diese Woche zugelächelt, und ich bin sicher, dass er mich angesprochen hätte, wenn er nicht mit seinen Freunden zusammen gewesen wäre. Vielleicht redet er ja heute mit mir.
Ich weiß nicht mal genau, ob ich ihn mag. Ich kenne ihn ja kaum! Aber es wäre nett, jemanden zum Reden zu haben, statt den ganzen Tag alleine herumzulaufen. Ich brauche dringend ein bisschen Spaß. Kann mich gar nicht erinnern, wann ich das letzte Mal gelacht habe. Es war ein schlimmer Monat. Die Leute sagen, dass es der schlimmste Februar ist, an den sie sich erinnern können, wegen dem ständigen schlechten Wetter, das wir hatten. Deswegen habe ich zehn Schultage versäumt.
Hoffentlich wird es jetzt dann besser. Ich hoffe, dass mir der Fischmarkt Abwechslung bringt. Bestimmt! Bis nachher, Tagebuch! Ich melde mich später und erzähle dir alles von meinem Tag.
Liebe Grüße, D xx

Ich starrte die Seite an und fuhr mit dem Finger über das Datum. Es war eindeutig das von heute. Und sie klang eindeutig so, als sei sie zum Markt gekommen. Vielleicht war ihr nicht klar gewesen, dass er doch noch abgesagt worden war. Was bedeutete, dass sie irgendwo in der Gegend war – aber wo? Und wenn sie tatsächlich mit ihren Freundinnen zusammen war, würde ich es wirklich wagen, bei ihnen aufzukreuzen und mich vorzustellen?

Ich setzte mich auf den Bootsrand und versuchte herauszufinden, wie ich mit ihr Kontakt aufnehmen könnte. Flake stöberte derweil zwischen den Krebskörben herum.

Und dann hatte ich eine Idee. Wahrscheinlich keine so gute, aber nachdem ich drauf gekommen war, ließ sie mich nicht mehr los.

An einem dünnen Lederring am Buchrücken hing ein Stift. Ohne groß darüber nachzudenken, was dafür- und was dagegensprach, nahm ich den Stift und schlug die erste freie Seite im Buch auf. Dann sah ich mich um.

Sollte ich?

Ehe ich es mir wieder ausreden konnte, zog ich die Kappe von dem Stift und begann zu schreiben.

Hi, Dee. Hoffentlich hast du nichts dagegen, dass ich dich Dee nenne. Das hört sich doch eher wie ein Name an als einfach nur D, und wie du wirklich heißt, weiß ich nicht.

Ich hoffe sehr, du hast nichts dagegen, dass ich hier reinschreibe, aber ich habe das Buch entdeckt, und es ist so schön, dass ich nicht anders konnte, als einen Blick hineinzuwerfen. Viel habe ich nicht gelesen – ich weiß ja, dass es privat ist – aber ein paar Kleinigkeiten sind mir aufgefallen, und du kommst mir wie ein Mädchen vor, mit dem ich gerne befreundet wäre. Ich habe keinen, mit dem ich reden kann, während ich hier bei meiner Großmutter bin, und es klingt, als ob du auch nicht so viele Leute hast, mit denen du dich unterhalten kannst – daher habe ich mich irgendwie gefragt, ob du Lust hast, dich mit mir zu treffen?

Wenn ja, dann kannst du mir hier drin vielleicht eine Nachricht hinterlassen, und wir können uns verabreden? Das wäre ja so cool! Ich würde dich gerne kennenlernen. Es wäre das erste Mal, dass ich mich hier in Porthaven mit jemandem anfreunde!

Aber jetzt ist es erst mal genug. Noch mal, es tut mir sehr leid, dass ich in dein Buch schreibe. Hoffentlich macht es dir nichts aus. (Zufällig habe ich gelesen, dass du geschrieben hast, du glaubst, dass du in so ein spezielles Buch absolut alles schreiben kannst. Genau das Gleiche fand ich auch!!!!!)

Also, ich hoffe, dich bald zu treffen.

Mia xxx

Ich las durch, was ich geschrieben hatte. War es in Ordnung? War es genug? War es zu viel?

Jetzt konnte ich sowieso nichts mehr ändern, daher klappte ich das Tagebuch zu, verstaute es wieder in dem Kasten und stand auf.

»Komm, Flake. Lass uns gehen und Stöckchen werfen.«

Flake sprang auf, kaum dass ich seinen Namen sagte, und wir kletterten vom Boot und machten uns auf den Rückweg durch die Bögen.

Kaum waren wir wieder am Strand, blieb Flake abrupt stehen. Er wedelte leicht mit dem Schwanz und starrte über den Sand. Ich folgte seinem Blick und entdeckte am anderen Ende des Strandes jemanden mit einem kleinen Terrier.

Flake beobachtete, wie die Person etwas für den Hund warf – und das war sein Signal. Er raste los.

»Flake, komm zurück!«, schrie ich, aber er war schon halb über den Strand, und eine Minute später rannten er und der Terrier herum und jagten sich mit lautem Gekläff im Kreis herum.

Immer wieder rief ich nach ihm, aber er hörte einfach nicht. Schließlich kam ich bei den beiden an. Der Besitzer des anderen Hundes war ein Junge in Jeans und einem dicken Wollpullover. Er war groß und schlaksig und hatte dichte Haare, die ihm über die Stirn fielen. Er sah ein bis zwei Jahre älter aus als ich.

Er blickte auf, als ich näher kam. »Tut mir leid – mein Hund scheint deinen entführt zu haben«, sagte er mit entschuldigendem Lächeln.

Ich lächelte zurück und deutete auf den Stock in Flakes Maul. Er trabte aufreizend im Kreis herum und foppte den anderen mit seiner Beute. »Stimmt, aber meiner scheint deinem den Stock geklaut zu haben!«

Der Junge lachte, und wir sahen zu, wie die Hunde spielten. Der Terrier versuchte Flake den Stock wieder abspenstig zu machen. Er war ungefähr halb so groß wie Flake und sprang ständig mit Gejaule hoch nach dem Stock.

»Mitch, hör auf zu bellen!«, sagte der Junge.

Die Hunde kümmerten sich nicht um uns.

Nach einer Weile schien Flake das Spiel zu langweilen. Er ließ den Stock fallen, kam zu mir und setze sich schwanzwedelnd vor meine Füße.

Ich streichelte ihn und wandte mich dem Jungen zu. »So, das war wohl das Zeichen zum Aufbruch«, sagte ich.

»Dann bis demnächst mal«, erwiderte er, und ich wollte schon gehen. »Ich heiße übrigens Peter«, rief er, und ich drehte mich wieder um. »Wir sind seit Freitag hier. Für einen Angelausflug.«

»Ein Angelausflug? Ich wusste gar nicht, dass man das hier machen kann.«

Genau genommen dachte ich, dass man hier *gar nichts* machen konnte.

»Angeblich ist es das erste Mal, dass sie das anbieten«, sagte Peter.

»Klingt ja aufregend«, sagte ich. »Du Armer.«

Peter grinste. »Nein, es ist genial. Gefällt mir super. Gestern habe ich sechs Makrelen gefangen!«

Wenn Peters Augen nicht so geglänzt hätten, hätte ich schwören können, dass er das ironisch meinte. Konnte jemand, nur weil er ein paar Fische gefangen hatte, wirklich so lächeln? Fand er einen Angelausflug am Ende der Welt tatsächlich genial?

»Schau mal – das ist unser Fischerboot«, sagte er. Er deutete auf ein kleines Boot im Hafen, über dessen Bordwand viele Fender hingen und das in der Mitte ein kleines Ruderhaus hatte. Es sah genau wie der Kahn von Dees Vater aus. Einen Augenblick lang überlegte ich sogar, ob es derselbe war, aber dieses Boot hatte einen großen Außenbordmotor, und seine Kennziffer war SZ2965. Auf Dees Kahn stand PN plus irgendwas.

Das Boot lag leicht schräg im Sand. Der Hafen war halb mit Wasser gefüllt, aber noch nicht so viel, dass man das Boot flottmachen konnte.

»Wir warten nur noch auf Hochwasser, dann fahren

wir raus«, sagte Peter. Er sah auf die Uhr. »Höchststand ist heute um dreizehn Uhr siebenundzwanzig, aber so um halb elf können wir wohl flottmachen.«

Ich sah ihn an. Er klang genau wie die Fischer in der Gegend. Sie waren alle besessen von solchen Einzelheiten wie den Wasserständen. Mein Großvater war am schlimmsten. Er hatte immer einen Tidenplan bei sich. Im Pub hatte er sogar eine Uhr, auf der man ablesen konnte, wie der Wasserstand gerade war, nicht etwa, wie viel Uhr es war.

Ich verstand nicht, was daran so aufregend sein sollte, um ehrlich zu sein. Das wollte ich gerade sagen, als Peter weiterredete. »Sie haben gesagt, heute könnten wir es mit Seebarschen versuchen.«

Er sah mich mit ganz glänzenden Augen und begeistertem Ausdruck an. Ich hätte wohl etwas in der Art sagen sollen, dass ich genauso begeistert war. Ich setzte dazu an, aber mir fiel einfach nichts ein. Also, wenn er gesagt hätte: »Am Rand der Stadt wird ein neuer Kinopalast eröffnet, und ein paar Freunde und ich wollen einen Film angucken und bowlen gehen«, dann hätte ich ja verstanden, warum er so begeistert war. Aber auf dem Meer Seebarsche angeln? *Im Ernst?*

»Viel Glück dabei«, brachte ich schließlich hervor. Dabei lächelte ich so aufmunternd wie möglich. Ich wollte ihn ja nicht enttäuschen. Er schien ganz freundlich und nett zu sein.

Es war seltsam; er war gar nicht wie die Jungs, die ich von zu Hause kannte. Zum einen hätte kein Junge aus meiner Klasse den Unterschied zwischen einer Makrele und einem Seebarsch gekannt, selbst wenn man sie ihnen um die Ohren geschlagen hätte. Aber es war noch mehr. Immer, wenn ich zu Hause mit einem Jungen sprach – vor allem mit einem, der ein paar Jahre älter war als ich, wie es Peter eindeutig war –, dann brachte ich keinen Ton heraus und wurde knallrot und kam mir wie ein absoluter Trampel vor. Nicht so bei Peter. Ich fühlte mich – ich weiß auch nicht – ganz wohl mit ihm, glaube ich.

Was wahrscheinlich der Grund für das war, was ich als Nächstes sagte.

»Irgendwann würde ich auch mal gerne mit so einem Boot rausfahren.«

Kaum waren die Worte heraus, da wollte ich ihnen nachjagen und sie wieder verschlucken. Erstens weil mir auf der Stelle klar wurde, dass es geklungen hatte, als würde ich ihn anbaggern, was absolut nicht stimmte. Also, er sah nicht unmöglich aus oder so, und wie ich schon sagte, er kam mir echt nett vor – aber nett wie eine Art großer Bruder. Ein netter großer Bruder, nicht so wie meiner, der ewig lahm und verdrießlich war.

Und zweitens weil ich ganz ehrlich sagen konnte, dass ich nie, niemals, nicht ein einziges Mal in meinem ganzen Leben auch nur das winzigste, entfernteste, minimalste Bedürfnis gehabt hätte, in einem kleinen Fischerboot aufs Meer hinauszufahren.

»Cool! Hey, ich kann fragen, ob du mal mitkommen kannst, wenn du magst«, sagte Peter mit breitem Lachen.

»Super!«, erwiderte mein Mund, ohne mein Hirn um Erlaubnis zu fragen. Aber andererseits, wenn ich es mir überlegte, warum nicht? Was gab es denn sonst zu tun? Seine seltsame Begeisterung musste ansteckend wirken, denn einen Moment dachte ich, dass es ja vielleicht tatsächlich Spaß machen könnte, auf eine kranke, wackelige, furchterregende, nach Fisch riechende Art?

Flake und Mitch rannten wieder im Kreis herum. »Ich geh wohl besser mal los«, sagte Peter. »Ach, wie heißt du eigentlich?«

»Also, mein richtiger Name ist Amelia, aber meine Freundinnen nennen mich Mia.«

»Cool! Ich hätte auch gerne einen richtigen Namen und einen für meine Freunde!« Er grinste. »Dann sage ich auch Mia. Schönen Tag noch – und ich frag mal wegen dem Angelausflug.«

»Toll, ja, mach das!«, erwiderte ich. Und obwohl ich es kaum glauben konnte, ich meinte es auch so!

Dann machte ich mich zum Pub auf. Flake trottete mit fröhlich wedelndem Schwanz neben mir her – und zum ersten Mal, seit wir angekommen waren, verstand ich, wie er sich fühlte.

Nur, dass alles anders wurde, als wir zum Pub zurückkamen.

»Mum? Grandma?«, rief ich, und meine Stimme hallte hohl durch die Küche. Ich hängte Flakes Leine auf und ging in den Gastraum.

Sie saßen an einem der Tische. Grandma hatte den Kopf in den Händen; Mum hatte einen Arm um ihre Schultern gelegt.

»Grandma, was ist los? Ist was passiert?«, fragte ich und ging rasch zu ihnen hinüber.

Grandma hob sofort den Kopf, strich sich die Haare zurück und richtete sich gerade auf. Dann machte sie dieses komische Gesicht, und ich war mir ziemlich sicher, dass es ein Lächeln sein sollte, obwohl es eher wie die Grimasse aussah, die man macht, wenn man versucht, etwas zu essen, was eklig schmeckt, man aber denjenigen, der es gekocht hat, nicht kränken will.

»Nichts ist passiert, Liebes. Es geht mir gut«, sagte sie und tätschelte meine Hand. Dann machte sie wieder ihr

Durch-zusammengebissene-Zähne-Lächeln und fügte hinzu: »War dein Spaziergang schön?«

Ich zögerte etwas, ehe ich antwortete. Es war *offensichtlich*, dass es ihr nicht gutging. Warum konnte sie nie offen mit mir reden? Das würde mich doch nicht umhauen. Schließlich wollte auch ich wissen, was Grandad zugestoßen war. Sie war nicht die Einzige, die sich Sorgen machte.

Das alles wollte ich sagen. Ich setzte sogar dazu an, aber die Worte kamen einfach nicht heraus.

Stattdessen hörte ich, wie ich sagte: »Ja, sehr schön, danke. Soll ich den Kessel aufsetzen?«

Mum lächelte mir dankbar zu, was mich nur noch mehr aufbrachte. »Das wäre wunderbar, Liebling.«

Also überließ ich die beiden sich selbst und ging in die Küche, um für uns drei Tee zu machen. Dann tranken wir unseren Tee und taten so, als ob alles absolut in Ordnung wäre.

Und so ging es im Grunde den Rest des Tages weiter. Heucheln und so tun, als ob. Grandma tat so, als ginge es ihr gut. Ich tat so, als würde ich mich nicht zu Tode langweilen. Mum tat so, als würde ihr die ganze Heuchelei überhaupt nicht auffallen. Und die Minuten tickten ganz langsam vorbei.

Als ich Montagmorgen aufwachte, dachte ich als Erstes an das Boot und das Tagebuch und Dee. Ob sie meinen Eintrag gefunden hatte? Ob wir uns begegnen würden? Vielleicht würden wir uns ja richtig anfreunden, und sie könnte uns zu Hause besuchen kommen – und mir würde es nicht mehr so viel ausmachen, öfter mal nach Porthaven zu kommen.

Wir hatten das Frühstück für die drei Paare in den Gästezimmern gemacht. Grandma erledigte den Abwasch. Mum trocknete das Geschirr ab und schwafelte über alles, was ihr in den Kopf kam, abgesehen von dem riesigen Elefanten im Raum, an dem wir uns alle vorbeidrückten und so taten, als würden wir ihn nicht wahrnehmen – im Klartext: die Tatsache, dass Grandad immer noch nicht aufgetaucht war oder sich gemeldet hatte oder es auch nur ein Lebenszeichen gab.

Es war an der Zeit, hier rauszukommen.

»Ich gehe nur mal mit Flake spazieren«, sagte ich und nahm seine Leine vom Haken. Bei dem Wort ›spazieren‹ sprang Flake wie der Blitz aus seinem Körbchen, setzte sich aufrecht hin und wedelte mit dem Schwanz.

»Du bist ja richtig scharf darauf, dauernd mit dem Hund rauszugehen«, bemerkte Mum.

»Ist das so schlimm?«, fragte ich vielleicht ein bisschen zu aufmüpfig. Warum hatte ich ein schlechtes Gewissen? Ich tat ja schließlich nichts Verbotenes – wenn man die unbedeutende Tatsache außer Acht ließ, dass ich in ein Boot geklettert war, das mir nicht gehörte, und das Tagebuch einer Person gelesen hatte, die ich nicht mal kannte.

Mum lachte. »Gar nicht. Es ist schön, dass du so hilfsbereit bist, nicht wahr, Grandma?«

Grandma sah vom Abwasch auf. Sie warf mir einen unsicheren Blick zu. »Ja, das ist sehr lieb, danke, Schätzchen«, sagte sie mit dumpfer Stimme. Und obwohl ich nur zu gut verstand, dass sie nicht ganz bei sich war, weil sie sich solche Sorgen um Grandad machte, und es gemein von mir war, es auch nur zu denken, hatte ich den Wunsch, sie zu schütteln und zu rufen: »Rede mit mir! Sei ehrlich zu mir! Sag mir, wie du dich wirklich fühlst – das bringt dich schon nicht um!« Aber der Graben zwischen uns war zu tief und angefüllt mit allem, was wir aus lauter Angst nicht laut auszusprechen wagten. Daher versuchte ich nicht, ihn zu überbrücken. Stattdessen knöpfte ich meinen Mantel zu und nahm Flake an die Leine.

»Bis später dann«, sagte ich und ging hinaus in die Kälte.

Das Boot lag da. Vor Nervosität zog sich mein Magen zusammen, während wir den Anleger entlanggingen. Flake sprang an Bord, als gehöre das Boot uns, und mich zwickte wieder mein schlechtes Gewissen. Aber der Wunsch, nachzusehen, ob ich eine Antwort auf meine Nachricht vorfinden würde, überwog.

Ich kletterte an Bord und öffnete den Kasten. Das Tagebuch war da. Ehe ich an mich halten und überlegen konnte, packte ich das Buch und schlug es auf.

Und dann las ich zehn Wörter, die meine erregte Erwartung wie einen schweren Anker auf den Meeresgrund plumpsen ließen.

Wer bist du, und warum liest du mein PRIVATES Tagebuch???

Ich sah umher, um festzustellen, ob ich beobachtet wurde. Ich konnte niemanden sehen. Dann blickte ich wieder auf die Seite und las den Eintrag erneut durch. Mein Gesicht brannte vor Scham. Was nun?

Ich zögerte einen Moment, und dann tat ich das Einzige, was mir dazu einfiel.

Ich nahm den Stift, blätterte die Seite um und begann zu schreiben.

Vera

»*Noch ein Schritt. Aber Vorsicht. Der Boden ist ziemlich uneben. Ich will nicht, dass du stolperst.*«

Der Mann verlagerte das Gewicht des Säuglings, den er in einem Tuch vor der Brust trug. Fest hielt er die Hand seiner Frau und führte sie, während sie vorsichtig den linken Fuß hob und den letzten Schritt machte.

Vera lachte. »*Ich hoffe doch, dass all das die Sache wert ist, wenn ich die Augen aufmache*«, sagte sie.

»*Bestimmt*«, erwiderte ihr Mann lächelnd. »*Wirst schon sehen.*« Dann drehte er sie ein wenig nach rechts, damit sie genau davorstand, und hob die Hände, um das Tuch zu lösen, das er ihr um die Augen gebunden hatte.

Plötzlich war er nervös. Was, wenn sie das nicht genauso gut fand wie er? Wenn sie die Möglichkeiten nicht erkannte? Wenn das hier nicht das Leben war, das sie sich für sie alle vorstellte?

Er zögerte.

»*Frank, was ist los?*«, fragte sie. »*Sind wir da?*« Sie konnte hören, wie ihnen die Brandung sanft entgegenschlug und sich leise wieder zurückzog und Sand und Kies mit *sich sog. Es klang so nahe; sie mussten direkt am Spülsaum stehen.*

Beim leisen, fragenden Ton der Stimme seiner Frau gab sich Frank einen Ruck. Er löste das Tuch und sagte nun mit bebender, leiser Stimme: »Mach die Augen auf.«

Vera blinzelte ein paarmal. Die Sonne war hell, und ihre Augen waren zwanzig Minuten lang von dem Tuch bedeckt gewesen.

Sie blickte auf das Gebäude vor ihnen. Zwei Mäuerchen aus Stein ragten in ihre Richtung, wie Arme, die nach ihr griffen. Dazwischen Unkraut und Gras und alles Mögliche andere, das wild und unkultiviert drafloswucherte – fast so hoch wie die beiden Mauern.

Hinter dem Wildwuchs war eine blaue Tür mit rostigen Angeln, deren Farbe von den Holzpanelen abblätterte, darüber ein Steinbogen, über dem sich ein hölzerner Fensterrahmen befand und ein spitzes Dach, aus dem seitlich ein Schornstein aufragte.

»Ich verstehe nicht«, sagte sie. Sie drehte sich um und sah ihren Mann an. Er grub einen Daumennagel in die Lippe. Das machte er immer, wenn er nervös war.

Vera berührte ihn. Sie nahm seine zitternde Hand und drückte sie fest. Sie zog seine Hand zärtlich an ihre Wange, beugte sich zu ihm und gab dem kleinen Mädchen einen Kuss auf den Kopf. Keine zehn oder zwanzig Schritt weiter schwappte das Meer sanft an den Strand.

»Warum sind wir hier?«, fragte sie. »Was hat das zu bedeuten?«

Frank zögerte. Sie waren so oft hier gewesen, sie hatten darüber geredet und Zukunftsträume miteinander geteilt. Aber vielleicht war es doch nicht, was sie im wahren Leben wollte. Vielleicht war es nur ein Spiel gewesen.

Es gab nur eine Art, es herauszufinden.

»Das ist unser neues Heim«, sagte er. Er konnte sie nicht ansehen. Was hielt sie davon? Es war kaum mehr als ein verfallener Schuppen. Er war ein Narr! Er war ein –

»Wirklich?« Vera sah ihn mit großen Augen an.

Frank nickte.

Und dann umfingen ihn ihre Arme. Sie lachte, küsste ihn und sprang vor Aufregung auf und ab. »Du hast das glücklichste Mädchen der Welt aus mir gemacht!«

Mit einem Stoß schoss der Atem, den er seinem Gefühl nach angehalten hatte, seit sie auf der Insel angekommen waren, aus ihm heraus, fast wie ein Schluchzer.

Er hielt seine Frau und seine Tochter so fest er konnte an sich gedrückt. Umarmte sie mit all seiner Liebe, zusammen mit seinen Hoffnungen für die Zukunft. Sie würden sich hier ein Leben aufbauen. Hier in diesem winzigen Dorf. Er hatte ein Zuhause für sie gekauft – und sie war begeistert!

Vera schloss die Augen und spürte, wie sie von Glück überströmt wurde wie von einer sonnengewärmten Welle. Ihr Leben als Familie nahm nun wirklich seinen Anfang.

5

Liebe Dee,
zuerst mal muss ich mich entschuldigen. Es tut mir wirklich leid, dass ich dein geheimes Tagebuch gelesen habe. Du musst mich für eine schreckliche Person halten. Und wenn nicht du, dann zumindest ich selbst. So etwas habe ich noch nie gemacht. Ich bin ein Mädchen, das in der Schule nie in Schwierigkeiten gerät, weil ich zu feige bin, um etwas wirklich Schlimmes zu machen. Ich bin ein Mädchen, das zu Hause nie ausgeschimpft wird, weil ich lieber den Mund halte, als etwas zu tun, was meine Eltern aufregt. Im Ernst – ich bin ein braves Mädchen!

Es ist nur so, na ja, ich bin auch ein Mädchen, das einem Geheimnis nicht widerstehen kann, und als ich euer Boot sah und das Buch, das praktisch aus dem Kasten fiel (okay, stimmt, das ist nicht ganz wahr. Es ist nicht rausgefallen – aber ich konnte es immerhin deutlich sehen, als die Klappe aufglitt. Siehst du, so ehrlich bin ich – ich kann nicht mal bei so einer Kleinigkeit lügen!!!), tja, da war ich einfach fasziniert, das muss ich zugeben.

Ach so, und der einzige Grund, warum ich überhaupt auf dem Boot war, ist der, dass der Hund meiner Großmutter scharf auf die Krebskörbe an Deck war und ich an Bord gehen musste, um ihn zurückzuholen. Und ich <u>versichere</u> dir, dass das die Wahrheit ist!

Was ich also im Grunde nur sagen will, ist, dass es mir leidtut. Bitte verzeih mir. Bitte?

Ich möchte gerne deine Freundin werden. Ich bin hier zu Besuch bei meiner Großmutter, die gerade eine schlimme Krise durchläuft (ich langweile dich nicht mit den Einzelheiten, aber glaube mir, es geht ihr schlecht) und ich kenne niemanden im Ort außer Grandma und meiner Mutter. Du bist wortwörtlich die erste Person, auf die ich gestoßen bin, mit der ich mich anfreunden könnte. Ach so, abgesehen von einem Jungen, dem ich gestern begegnet bin – aber Jungs sind was anderes. Du bist die Erste, die so wie ich zu sein scheint und die mich, glaube ich, gut verstehen würde.

Wie zum Beispiel die Sache mit den Seehunden – ich wäre ja SOOOO begeistert gewesen, wenn ich das hätte sehen können. Ich LIEBE Tiere. Ich rede nicht mit vielen Menschen darüber, denn jetzt, wo ich auf dem Gymnasium bin, ist das ziemlich uncool. Aber dir kann ich es sagen, denn ich weiß, dass du das verstehst.

Ich glaube, ich möchte mal Tierärztin werden, wenn ich groß bin. Und du? (Oje, ich merke gerade – ich habe

eingestanden, dass ich die Stelle mit den Seehunden auch gelesen habe. Es tut mir echt leid – schon wieder!) Wie auch immer, wenn du nicht mit mir befreundet sein willst, dann hinterlasse einfach eine Nachricht wie die letzte (die übrigens ziemlich bedrohlich klang!), und ich lasse dich in Ruhe. Aber wenn doch, dann schreibe mir zurück.
Ich halte uns die Daumen. Deine Freundin (hoffe ich)
Mia xxx

Dienstag, 19. Februar
7 Uhr morgens
Liebe Mia,
eines möchte ich erst mal klarstellen, ehe wir weitermachen. Das hier ist mein privates Tagebuch, und ich finde wirklich, dass es falsch von dir war, es zu lesen. Ich bin nicht sicher, dass ich dir das schon ganz verzeihen kann, aber ich sehe vielleicht mal drüber weg. Vorläufig.
Ich kann kaum glauben, dass ich das gerade gesagt habe. Meine Mutter hat mal einen Blick auf eine Seite geworfen, und ich habe ZWEI GANZE TAGE nicht mit ihr gesprochen! So ernst nehme ich das.
Aber nach dem, was du mir geschrieben hast, na ja, ich habe das Gefühl, dass es vielleicht ein bisschen was anderes ist, ob du es gelesen hast oder meine Mutter. Was ich damit wohl sagen will, ist, dass ich dir zustimme – du klingst ein bisschen wie ich. Du

liebst Tiere, du drückst die Dinge ähnlich aus wie ich. Und okay, tief im Herzen muss ich zugeben – wenn ich das Tagebuch gesehen hätte, dann hätte ich mich wohl auch von meiner Neugier verleiten lassen.
Was NICHT bedeutet, dass es in Ordnung ist, okay?
Es soll nur heißen, dass ich es verstehe.
Und ja, du hast auch mit dem anderen recht. Das mit den Freundinnen. Hast du eine beste Freundin? Ich habe zwei gute Freundinnen – Angela und Elizabeth – aber ehrlicherweise kann ich keine von ihnen beste Freundin nennen. Sie wohnen beide auf dem Festland, und das bedeutet, dass sie einander viel öfter treffen können als mich, deshalb fühle ich mich meistens ausgeschlossen.
Ich wohne auf Luffsand (das du wahrscheinlich schon kennst, je nachdem, wie viel du schon in meinem Tagebuch gelesen hast!).
Das ist die Insel, die ungefähr fünf Kilometer nördlich des Festlandes liegt. An einem klaren Tag kann man sie von Porthaven aus sehen. Das Dorf kann man nicht sehen, denn es liegt auf der abgewandten Seite der Insel. Der Rest der Insel besteht hauptsächlich aus Wäldern und Stränden. Ein paar Häuser liegen über die Insel verstreut, aber unser Ort ist das einzige Dorf.
Es ist Porthaven ein bisschen ähnlich, nur noch kleiner. Wir haben einen Lebensmittelladen, einen winzigen Pub, einen Hafen und ungefähr siebzig Häuser. Die meisten Leute, die hier wohnen,

sind Fischerfamilien. Das einzige Problem ist, dass keine davon Kinder in meinem Alter hat. Es gibt ein paar kleinere Kinder. Familie Moss hat vier Jahre alte Zwillinge, Molly und Jason. Sie wohnen in einem Haus ganz dicht am Strand, das sie Anfang des Jahres leuchtend rosa angestrichen haben, weil Molly es wollte!

Es gibt ein paar Familien mit Babys und einige mit älteren Kindern, die dann aber schleunigst die Insel verlassen haben, sobald sie alt genug waren. Und Mädchen in meinem Alter – kein einziges! Ist also verdammt einsam.

Das ist auch der EINZIGE Grund, warum ich dir verziehen habe, dass du mein Tagebuch gelesen hast!

Aber wie auch immer, antworte mir. Ich komme diese Woche nicht aufs Festland, um zur Schule zu gehen, weil Ferien sind, aber ich verstecke mein Tagebuch auf dem Boot, dann bringt es mein Vater mit, ohne selbst was davon zu wissen!

Ich freue mich auf deine Antwort!

Dee (ich mag den Spitznamen übrigens – vielleicht nehme ich ihn an!)

Dienstag, 19. Februar
3 Uhr nachmittags

Liebe Dee (schön, dass dir der Name gefällt!),
ich bin ja SOOOOO froh, dass du zurückgeschrieben hast. Ich habe mir praktisch die Nägel runtergekaut, so nervös war ich. Ich habe mir schon vorgestellt, wie du die

Polizei einschaltest und mich für meinen feindlichen Übergriff holen und festnehmen lässt! Danke, dass du mir verzeihst. Was ich getan habe, war ganz schön übel – aber nachdem ich jetzt deine Antwort habe, bin ich richtig froh darüber! (Und natürlich auch sehr geknickt!)

Ich finde, euer Dorf klingt super. Vielleicht kann ich es diese Woche mal einen Tag besuchen. Oder du könntest herkommen. Hast du denn gar nicht vor, aufs Festland zu kommen, auch wenn Ferien sind?

Ich würde meine Großmutter ja fragen, ob ich zu dir kommen kann, aber sie ist im Moment gar nicht gut drauf. Mein Großvater ist verschwunden. Die ganze Geschichte ist wirklich ziemlich grässlich. Sie haben sich gestritten, und er ist einfach gegangen. Schon vor vier Tagen. Sie hat es der Polizei noch nicht gemeldet, aber Mum hat heute mit Dad telefoniert, und er hat gesagt, wenn wir bis Ende des Tages nichts gehört haben, müssen wir es morgen früh anzeigen.

Ich weiß, dass er nicht einfach abhauen würde. Wenn er sich doch nur melden und uns sagen würde, wo er ist. Und dass es ihm gutgeht. Wenigstens ein Lebenszeichen. Ich habe das bis jetzt noch keinem gesagt, weil Mum und Grandma schon genug am Hals haben, aber die Wahrheit ist, dass ich echt Angst habe. Ich liebe meinen Großvater. Er ist so nett und warmherzig und freundlich, und ich will bloß nicht, dass ihm irgendwas zugestoßen ist.

Mit Grandma kann ich nicht darüber reden – sie redet nicht mal über Gefühle, wenn es ihr gutgeht, aber diese Woche ist es noch schlimmer mit ihr als sonst. Sie ist wie so eine Muschel, die man nicht essen soll, weil sie total zugeklappt ist.

Oje, tut mir leid. Ich weiß nicht, warum ich dir das alles erzähle. Ich kenne dich ja nicht mal.

Aber danke, dass du zuhörst! Genießt du deine Woche? Was macht man denn so auf Luffsand in den Ferien?

Alles Liebe, Mia xxx

Mittwoch, 20. Februar
6:45 morgens

Liebe Mia,
ach du Schreck, wie schlimm. Ich war ganz traurig, vom Verschwinden deines Großvaters zu lesen. Das ist ja furchtbar. Ist er inzwischen zurück? Ich stimme deiner Mutter zu. Ihr solltet es wirklich der Polizei melden, wenn er heute nicht zurückkommt.
Ferien auf Luffsand bedeutet, Mutter bei der Hausarbeit zu helfen. Sie ist Schneiderin und hat immer viel Arbeit. Ich bin nicht so gut im Nähen, deshalb muss ich die einfachen Sachen erledigen, bei denen man keine komplizierten Stiche machen muss!
Ich beobachte auch gerne Vögel. Ich habe die Kormorane auf den Felsen direkt vor der östlichen Spitze der Insel beobachtet. Zur Zeit

sind es Hunderte. Ich glaube, es gibt ein paar große Fischschwärme, die hier in die Nähe kommen, dass die Kormorane so interessiert sind!

Außerdem gibt es einen Fuchs, der immer wieder in unseren Garten kommt. Jeden Tag kommt er näher ran, um sich die Brocken zu holen, die ich für ihn auslege. Ich habe den Ehrgeiz, ihn bis zum Ende der Woche aus der Hand fressen zu lassen. Mal sehen!

Bestimmt klinge ich total langweilig.

Was hast du denn sonst noch gemacht diese Woche? Ich hoffe, dein Großvater ist zurück.

Ach, was ich fast vergessen habe! Ich glaube, wir kommen am Freitag nach Porthaven! Weißt du von dem Jahrmarkt, der jedes Jahr stattfindet? Nach Weihnachten ist er der Höhepunkt des Winters. Bist du dann noch da? Vielleicht können wir uns treffen? Das würde doch Spaß machen.

Dann sehen wir uns vielleicht am Freitag!

Dee xx

           Mittwoch, 20. Februar
                2:30 nachmittags

Liebe Dee,

hurra! Endlich mal eine gute Nachricht! Eine Verabredung mit dir! Ich kann es kaum erwarten. Wir sind auf jeden Fall noch hier. Wir haben vor, mindestens bis Sonntag zu bleiben, aber wenn wir dann noch nichts gehört haben und Grandad immer noch nicht zurück ist, bleiben wir vielleicht sogar länger. Mum überlegt, ob sie in meiner Schule anruft, um zu fragen, ob ich eine Sondererlaubnis bekomme und die ersten paar Schultage versäumen kann, nur für den Fall …

Ich hoffe aber nicht, dass so was nötig ist. Also, nicht dass ich verrückt nach der Schule bin oder so. Normalerweise würde ich vor Freude in die Luft springen beim Gedanken daran, ein paar Tage Schule zu verpassen – aber nicht, wenn es bedeutet, dass mein Großvater immer noch nicht zurück ist.

Die Stimmung wird richtig schlecht. Normalerweise zeigt Grandma ihre Gefühle nicht, aber selbst sie kann kaum noch an sich halten. Als ich heute Morgen in die Küche kam, lag sie Mum in den Armen. Ihre Schultern bebten. Sie gab kein Geräusch von sich, aber Mum blickte auf und sah mich und schüttelte nur leicht den Kopf, da habe ich die beiden allein gelassen. Ich glaube, Grandma hätte es nicht gern, dass jemand sie weinen sieht.

Heute hat sie bei der Polizei angerufen. Das war wahrscheinlich der Auslöser. Mit dem Anruf haben wir alle endlich zugegeben, dass es ein Problem gibt, glaube ich. Bisher konnten wir uns einreden, dass er einfach nur eine kurze Auszeit brauchte oder dass er irgendein blödes Spielchen spielt, weil sie sich gestritten haben. Aber jetzt, nachdem die Polizei eingeschaltet ist, müssen wir wohl der Tatsache ins Auge sehen, dass es wirklich wahr ist.

Mein Großvater ist verschwunden – und er kommt vielleicht nie mehr zurück.

Die Polizei hat es weitergemeldet und gesagt, wir sollen die Sache erst mal ihnen überlassen – mit dem Ergebnis, dass wir uns alle noch unnützer vorkommen als vorher. Wir können nichts tun außer warten. Es ist schrecklich.

Entschuldige. Was für eine jämmerliche Nachricht. Ich hoffe, dein Tag verläuft besser – und ich halte alle Daumen und Zehen, dass wir uns Freitag treffen. Es ist die einzige Sache, auf die ich mich freuen kann.

Alles Liebe, Mia xxx

Donnerstag, 21. Februar
6:30 morgens

Ach Mia, es tut mir so leid, die ganzen schlimmen Nachrichten zu hören. Jetzt bin ich noch wilder entschlossen, dich zu treffen, denn ich finde, es klingt, als ob du eine Freundin mehr als alles andere brauchst.

Ich schreibe nur kurz, weil Vater gleich losfährt und ich nicht versäumen will, dir diese Nachricht zukommen zu lassen. Ich will, dass du weißt, dass ich an dich denke und wirklich, wirklich, wirklich ganz doll hoffe, dass dein Großvater zurück ist, wenn du das hier liest.

Wir kommen auf jeden Fall zu dem Jahrmarkt – zumindest, wenn das Wetter gut genug für eine Überfahrt ist. Für morgen ist ein

Sturm angesagt, ich hoffe nur, dass der Wetterdienst unrecht hat. Meistens haben sie das ja, nicht?
Ich komme am Morgen mit Vater. Sollen wir uns am Hafen treffen und dann zusammen hingehen? Wir können uns doch so gegen zehn Uhr an den Bögen treffen, oder?
Ach ja, wie siehst du eigentlich aus? Ich bin ungefähr durchschnittlich groß für mein Alter – ich bin übrigens dreizehn. Wie alt bist du? Ich habe schulterlange dunkelbraune Haare mit einem Wirbel vorne (ich habe mit x Methoden versucht, den Wirbel zu bändigen, aber ohne Erfolg!) und grüne Augen, und ich trage eine braune Wildlederjacke und wahrscheinlich einen Rock und Gummistiefel. Nicht die schmeichelhafteste Ausstattung der Welt, aber praktisch.
Bis morgen – hoffe ich! Bin schon aufgeregt.
Deine Freundin
Dee xx

Donnerstag, 21. Februar
1:30 Uhr mittags

Ich bin auch aufgeregt!
Also: Ich bin dreizehn, mittelgroß, ziemlich dünn. Ich habe blonde Haare, ein bisschen länger als deine. Warte … okay, hab sie gerade abgemessen. Wenn ich aufrecht stehe und die Arme seitlich hängen lasse, dann reichen meine Haare ungefähr bis zur Mitte zwischen Schultern und Ellbogen.

Ich bin um zehn bei den Bögen. Ich trage schwarze Jeans und einen Dufflecoat über vielen Schichten von T-Shirts und Pullovern. Heute ist es echt kalt!

Daumen gedrückt für das Wetter! Es ist heute ganz windstill, also hoffen wir mal, dass es so bleibt.

In ein bisschen mehr als zwanzig Stunden sehen wir uns!

Deine Freundin

Mia xxx

6

Am Freitagmorgen sah ich zum fünfzigsten Mal auf die Uhr. Es war fast zehn. Grandma war noch nicht mal aufgestanden, daher hatten Mum und ich das Frühstück für die Hausgäste aufgetischt.

Alle waren inzwischen fertig, aber der ganze Abwasch musste noch erledigt werden. Ich wollte ihn nicht ganz allein Mum überlassen, und ich hatte keine Ahnung, wann Grandma aufstehen würde. Mum sagte, wir sollten sie nicht stören. Sie würde so schlecht schlafen seit dem Verschwinden von Grandad, wenn sie also tatsächlich etwas Schlaf gefunden hätte, dann sei es das Mindeste, sie in Ruhe zu lassen.

Mit Flake war ich schon draußen gewesen, um später für Dee frei zu sein, aber jetzt war ich doch schon ein bisschen spät dran.

»Ich weiß einfach nicht, was wir in dieser ganzen Geschichte unternehmen sollen«, sagte Mum. »Also, von der Polizei haben wir noch keine sinnvollen Hinweise, und er ist jetzt seit einer Woche verschwunden. Ich mache mir solche Sorgen.«

»Ich weiß, Mum, ich auch«, sagte ich. Was sollte ich sonst sagen? Die Polizei stand vor einem Rätsel. Grandma redete kaum. Sie lief wie ein Gespenst durchs Haus. Mum hatte mehr oder weniger die Regie im Pub übernommen. Sie und ich putzten außerdem die Gästezimmer.

Zum ersten Mal im Leben begann ich ein bisschen böse auf Grandad zu werden. Wie konnte er uns das nur antun? Lag ihm denn gar nichts an uns?

Ich weigerte mich – *weigerte* mich rundweg und absolut – anzunehmen, dass ihm etwas Schlimmes zugestoßen war. Das war einfach keine Option. Also blieb nur die Option, sauer auf ihn zu werden.

Ich musste hier raus.

»Mum, könnte ich ... äh, könnte ich ein bisschen weg?«, fragte ich zögernd, nachdem das Geschirr zum Abtropfen im Gestell stand.

Mum fuhr zu mir herum. »Weg?, fragte sie mit so schockierter Stimme, dass ich mich eine Sekunde doch tatsächlich fragte, ob ich versehentlich gefragt hätte, ob ich auf dem Rücken eines Einhorns zum Mond fliegen könnte.

»Ja, es ist nämlich ... ich treffe mich mit einer Freundin.«

»Ach so. Na klar.« Mum lächelte. Ihre Augen sahen so müde aus.

»Mum, er kommt zurück«, sagte ich. Ich wusste selbst nicht, ob ich das glaubte, aber ich wollte ihr ein bisschen Hoffnung machen, und etwas anderes hatte ich nicht zu bieten.

»Bestimmt, Schätzchen. Geh du nur raus.«

Ich gab ihr einen Kuss auf die Wange. »Ich bin nicht so lange weg. Danke.«

Dann schnappte ich meinen Mantel und rannte so schnell wie möglich zum Hafen.

Dee war nicht da.

Um genau zu sein, es war keine Menschenseele da. Der Strand war leer. Die meisten Fischerboote waren draußen, daher war auch der Hafen so gut wie leer. Und der Jahrmarkt, der heute stattfinden sollte – na ja, ich konnte ein paar Leute sehen, die am anderen Ende des Hafens einen Stand aufstellten, aber das sah nun wirklich nicht nach etwas aus, was als Höhepunkt des Winters bezeichnet werden konnte.

Ich stand an den Bögen und wartete. Wahrscheinlich hatte sie sich einfach verspätet.

Aber es war schon Viertel nach zehn. *Ich* war diejenige, die spät dran war. Vielleicht war sie hier gewesen und war losgegangen, um nach mir zu suchen. Oder sie hatte mich einfach aufgegeben und gedacht, dass ich doch nicht kommen würde.

Aber dann musste sie ja *irgendwo* sein, oder nicht?

Vielleicht waren sie und ihr Vater überhaupt nicht nach Porthaven gekommen.

Ich blickte durch die Bögen, konnte aber nicht auf die andere Seite sehen. Das Meer war ziemlich kabbelig und die Flut auf Halbstand. Das Wasser unter den Bögen reichte mir das halbe Schienbein hinauf.

Wie gut, dass ich Dees Beispiel gefolgt war und beschlossen hatte, meine Gummistiefel anzuziehen.

Ich rollte die Jeans ein paarmal auf und watete unter dem Bogen durch.

Das Boot war da! Dann war Dee also *doch* gekommen. Aber wo war sie?

Vielleicht hatte sie ja eine Nachricht hinterlassen.

Ich näherte mich dem Boot. Es schaukelte heftig auf den anschwappenden Wellen. Ich packte die Reling und sprang seitwärts in das Boot. Mit einem lauten Plumpsen landete ich auf dem Deck und sah mich schnell um. Hoffentlich hatte keiner mein wenig elegantes Manöver mitgekriegt.

Ich hielt mich weiter an der Reling fest und ging achtsam über das Deck zum Heck des Bootes. Vielleicht hatte sie mir geschrieben, dass wir uns woanders treffen sollten.

Ich öffnete den Kasten und zog das Tagebuch heraus. Es gab *tatsächlich* eine neue Nachricht von ihr.

Liebe Mia,
ich bin ja SO enttäuscht. Vater wollte mich nicht mitnehmen.
Er sagt, es sei zu rau, um mich dabeizuhaben. Ich fand nicht, dass es so schlimm sei, und wir hatten einen Streit.
Ich streite niemals mit meinem Vater, daraus kannst du ablesen, wie sauer ich bin. Nicht nur wegen dem Streit, sondern auch, weil ich dich SO gerne treffen wollte. Du kommst meinem Wunsch nach einer Freundin, die dieselbe Wellenlänge hat wie ich, am nächsten, und jetzt kann ich dich nicht mal kennenlernen.
Ich bin ja so traurig. Nach meinem Streit mit Vater habe ich geweint. Er hat es nicht bemerkt. Er war zu sehr damit beschäftigt, das Boot fertigzumachen. Mutter wollte nicht, dass er überhaupt rausfährt, aber er sagt, dass er heute fahren muss. Der starke Wellengang ist besonders günstig, um alle möglichen seltenen Fischarten zu fangen, die normalerweise nicht an unsere Küste kommen. Es sind Tage wie diese, die uns reich machen könnten, sagt er.
Er drückte einen Kuss auf den Ankeranhänger, den er immer um den Hals trägt, und sagte, es würde ihm schon nichts passieren. Mutter hat ihm den Anhänger geschenkt, als sie verlobt waren, und ohne ihn fährt er nie zum Fischen raus.
Dann versicherte er uns, er werde vorsichtig sein und alles würde gut. Weshalb ich ihn natürlich noch mal fragte, warum ich nicht mitkommen könnte. Aber er blieb eisern.

Er sagte, wenn die Aussicht bestünde, dass das Wetter später besser würde, hätte er vielleicht zugestimmt, aber es soll schlimmer werden, und er wolle mich nicht in Gefahr bringen.
Darauf wollte ihn Mutter überreden, ebenfalls nicht zu fahren. Da fingen auch sie an zu streiten. Was für ein schrecklicher, furchtbarer Tag. Vater fährt gleich hinaus aufs aufgewühlte Meer, in aufgewühlter Stimmung, Mutter ist oben und weint, und ich verpasse etwas, auf das ich mich so gefreut habe. Nicht nur auf den Jahrmarkt, sondern auf meine Gelegenheit, ein Mädchen kennenzulernen, von dem ich sicher bin, dass sie eine wunderbare Freundin werden könnte.
Ich verstecke das Tagebuch wie üblich im Boot und hoffe, dass du es bekommst. Deine Antwort erhalte ich erst, wenn Vater heute Nachmittag zurückkommt. Ich kann dir gar nicht sagen, wie aufgebracht ich bin. Hoffentlich bist du nicht böse auf mich. Das würde eine schreckliche Situation nur noch schlimmer machen.
Deine Freundin
Dee xx

Ich überflog ihre Nachricht zweimal, um sicherzugehen, dass ich alles richtig gelesen hatte. Jetzt hatte ich gar nichts mehr, auf das ich mich freuen konnte. Der einzige Lichtblick dieser Woche – die einzige Sache überhaupt, die nicht in Kummer und Trübsal gehüllt war – fiel aus.

Ich war zu betrübt, um sofort zu antworten. Ich wollte sie nicht wissen lassen, wie traurig ich war; sonst fühlte sich Dee nur noch elender. Ich beschloss, später wiederzukommen und erst zu antworten, wenn ich nicht mehr ganz so enttäuscht war. Das Letzte, was sie jetzt brauchen konnte, war eine trübselige Antwort von mir.

Ich ließ das Tagebuch auf dem Kahn und watete unter dem Bogen hindurch zurück. Das Wasser stand inzwischen schon höher, und mitten unter dem Bogen erwischte mich eine Welle. Das Wasser lief über den Rand meiner Gummistiefel, und meine Jeans und Füße wurden nass.

Und dann fing es auch noch an zu regnen.

Ich zog die Kapuze über und eilte zurück zum Strand. Mit gesenktem Kopf stapfte ich durch den Schlick und versuchte an irgendwas zu denken, das nicht den Wunsch in mir auslöste, mich in eine Ecke zu verziehen und in Tränen auszubrechen. Da streifte mich plötzlich etwas am Fuß.

Ich schob die Kapuze zurück und sah hinunter. Es war Mitch! Kläffend umkreiste er mich und sprang an mir hoch.

Ich bückte mich und streichelte ihn, und er ließ sich auf den Rücken fallen.

»Mitch, du weißt doch, dass du klatschnass bist, nicht?«, fragte ich und kitzelte ihn am Bauch.

Mitch rollte sich wieder herum und stand auf. Sein Rücken war voller Sand, der an seinem Fell klebte wie eine zweite Schicht.

»He, hallo!«

Ich blickte auf und sah Peter auf mich zukommen. »Hi«, erwiderte ich. »Wow, coole Jacke.« Ich tat so, als müsste ich meine Augen schützen. Er trug nämlich eine knallgelbe regendichte Jacke, die um die Mitte einen weißen Leuchtstreifen hatte und auf der Tasche einen *Porthaven-Hafen*-Sticker. Die Jacke sah brandneu aus.

Peter strahlte. »Hat mir Dad gestern gekauft. Klasse. Wäre am liebsten damit ins Bett gegangen.«

Ich lachte. »Wie kommt's, dass ihr heute nicht zum Angeln seid?«

»Wir fahren später. Angeblich soll es heute Nachmittag sonnig werden.«

Sonnig? Dee hatte doch geschrieben, dass sich das Wetter verschlechtern würde. »Bist du sicher?«

Peter zuckte die Schultern. »Na ja, obwohl ich diese wetterfeste Jacke habe, bin ich kein Wettermann, deshalb kann ich es nicht mit Gewissheit sagen«, meinte er augenzwinkernd. »Aber schau doch mal.« Er deutete auf den Horizont. »Über uns hängen zwar dichte Wolken, aber da drüben ist es blau. Und siehst du den Wimpel am Ende vom Pier? Er weht in unsere Richtung, der

Wind bläst den blauen Himmel also zu uns. Ich schätze mal, dass es in einer Stunde schön ist.«

Ich starrte ihn an. »Meinst du das im Ernst?«

»Was?«

»Na ja, du hast zwar gesagt, dass du nicht der Wettermann bist, aber du klingst wie einer!«

Peter lachte. Sein Lachen war warm und freundlich. Es sickerte in mich ein, und ich entspannte mich ein wenig. »Das liegt an dem Angelkurs«, sagte er. »Man hat uns beigebracht, wie man abschätzen kann, wie das Wetter wird. Coole Sache. Man kann so viel ablesen, je nachdem, wie die Wolken aussehen.«

»Aha«, sagte ich.

Peter lachte wieder.

»Was ist?«

Er schüttelte den Kopf. »Dein ›Aha‹ gerade klang ganz genau wie das von meiner Schwester. Bin wohl der Einzige, der solches Zeug interessant findet.«

»Nein, entschuldige, das meinte ich nicht. Es ist wirklich interessant.«

Peter hob amüsiert die Augenbrauen.

»Also gut, sorry, sooo interessant ist es doch nicht«, sagte ich und lachte. »Aber ich bin heute einfach ein bisschen in Gedanken und unglücklich, mir kommt so gut wie nichts interessant vor.«

»Was ist denn los?«

Ich sah ihn an. Normalerweise hätte ich einfach gesagt, alles sei okay, und es abgetan, vor allem bei jemandem, den ich kaum kannte. Aber Peter hatte etwas an sich, das in mir den Wunsch auslöste, ihm mein Herz auszuschütten. Ich hatte keine Ahnung, was es war. In seiner Gegenwart fühlte ich mich einfach wohl, als sei er ein Freund, den ich schon mein Leben lang kannte.

»Willst du das echt wissen?«, fragte ich.

Peter hielt meinem Blick stand. »Ich hab in den nächsten zwei Stunden nichts Besonderes vor. Warum erzählst du mir nicht, was deine Probleme sind?«

Gesagt, getan. Ich erzählte ihm alles. Ich erzählte ihm, was ich diese Woche alles mit meinen Freundinnen hatte unternehmen wollen. Ich erzählte ihm von Grandads Verschwinden und dass keiner von uns über das redete, was uns wirklich bewegte, weil wir alle zu sehr Angst hatten, offen zuzugeben, wie erschüttert wir waren.

Und ich erzählte ihm von Dee und dass es das Fass zum Überlaufen gebracht hatte, dass ich sie heute verpasste. Ich erzählte ihm nicht, dass ich sie nur kannte, weil ich mich auf ihr Boot geschlichen hatte, aber immerhin berichtete ich, dass der Kahn ihres Vaters hinter den Bögen am alten Anleger lag.

Kaum hatte er das gehört, da leuchteten seine Augen auf. »Wirklich? Ich wusste gar nicht, dass der alte Anleger noch von jemandem benutzt wird«, sagte er. »Kann ich ihn mal ansehen?«

»Warum eigentlich nicht? Solange es dir nichts ausmacht, nass zu werden. Das Wasser unter den Bögen geht einem ungefähr bis zu den Knien.«

Peter schüttelte den Kopf. »Das macht mir gar nichts aus. Komm. Zeig mir das Boot.«

Also nahm Peter Mitch auf den Arm, und wir stapften zurück durch den Bogen.

Aber der Kahn war nicht mehr da.

»Halt mal – er lag vorhin noch da! Ich hab ihn doch gesehen. Ich war sogar drauf!«

»Vielleicht ist Dees Vater zurückgefahren«, sagte Peter.

»Aber wir hätten ihn doch sehen müssen, oder nicht? Wir waren doch die ganze Zeit am Strand!«

»Vielleicht führt ja noch ein anderer Weg hin?«

»Ach, was soll's«, sagte ich und machte kehrt, um wieder durch den Bogen zurückzugehen. »Entscheidend ist nur, dass Dee nicht kommt. Und ich kann mich heute nur darauf freuen, mit Mum und Grandma im Pub Trübsal zu blasen und jedes Mal, wenn die Tür aufgeht, aufzuschrecken, falls es Grandad ist, und jedes Mal, wenn er es doch nicht ist, tun wir alle so, als seien wir nicht enttäuscht.«

Plötzlich wurde mir bewusst, was ich für ein Jammerlappen war. Wir waren jetzt zurück am Strand. Peter setzte Mitch wieder ab, der sofort losstürzte und Möwen nachjagte.

»Entschuldige«, sagte ich. »Ich geh mal lieber heim. Viel Spaß bei eurem Angelausflug. Bis dann.«

»Ja, bis dann«, erwiderte Peter. »Ich hoffe, der Tag wird doch noch besser für dich.« Dann rief er nach Mitch, und sie gingen in die andere Richtung davon.

Als sie sich entfernten, fiel mir ein, dass ich jetzt noch etwas hatte, worüber ich unglücklich sein konnte. Da der Kahn fort war, konnte ich nicht auf Dees letzte Nachricht antworten. Wie unhöflich sah das denn aus? Dee würde womöglich beschließen, dass sie doch nicht mit mir befreundet sein wollte.

Ich schleppte mich zum Pub zurück und versuchte verzweifelt – mit jämmerlichem Erfolg – mir etwas Positives vorzustellen, das heute noch passieren konnte.

Der Vormittag zog sich so langsam hin, dass ich einige Male meine Armbanduhr mit der Küchenuhr verglich, um sicherzugehen, dass sie nicht stehengeblieben war. Es war fast Mittag, und ich wischte die Tische im Pub ab. Mum und Grandma waren hinten in der Wohnung. Die Pubtür wurde aufgestoßen.

Mein Herz machte wieder so einen Satz wie jedes Mal,

wenn jemand hereingekommen war – gefolgt von demselben Absturz, der sich einstellte, wenn es nicht Grandad war.

Es war Peter. »Es ist wieder da!«, sagte er atemlos.

»Was?«

»Das Boot. Der Kahn am alten Anleger. Ich bin zum Hafen gegangen, um rauszufinden, wann der Angelausflug anfängt, und der ist abgesagt – der Chef ist krank. Angeblich hat er gestern Abend ein paar schlechte Austern gegessen und kann das Haus nicht verlassen – oder wohl eher das Klo!«

»Dann fahrt ihr also nicht raus?«

Peters Augen blitzten wieder so auf. »Nicht offiziell zumindest. Aber ich hab 'ne Idee.«

»Was für eine?«

Er tippte sich verschwörerisch an die Nase. »Triff mich nachher unten am Hafen, dann sag ich es dir. Aber du musst dich auf ein Abenteuer einlassen.«

Ehe ich ihm antworten konnte, war er fort.

Grandma kam eine Sekunde später in den Gastraum. »Ist jemand da gewesen?«, fragte sie. Ich konnte den Hoffnungsschimmer in ihren Augen sehen. Sie versuchte ihn vor mir zu verbergen, aber er war da, überschattet von Sorge und Furcht.

»Es war ein Freund von mir«, sagte ich. »Wir treffen uns mal kurz. Ist das in Ordnung?«

Der Hoffnungsschimmer in Grandmas Blick löste sich zu einem dunklen Schleier aus Traurigkeit auf. Ich wollte sie trösten. Ich wollte ihr sagen, dass ich mit ihr mitfühlte, dass ich für sie da war, dass ich sie verstand. Aber ich wusste nicht, wie. Wir hatten einfach keine gemeinsame Sprache. Es war weder ihre Schuld noch meine. Wir hatten eben nie etwas gemeinsam gehabt. Bis zu dieser Woche.

»Grandma – er kommt schon wieder«, sagte ich. »Ganz bestimmt. Und bis dahin lassen Mum und ich dich nicht allein. Grandad ist für uns genauso wichtig wie für dich, und wir bleiben bei dir, bis er zurück ist. Wir stehen dir bei.«

Die Worte sprudelten einfach so heraus, und ich kam mir albern vor, kaum dass ich sie gesagt hatte. Sie musste mich ja für bekloppt halten, dass ich behauptete, ich könne ihr beistehen – oder zu glauben, dass sie das überhaupt *wollte*!

Aber sie sah mich direkt an. Dann kam sie näher und strich mir über den Arm. »Du bist ein gutes Mädel«, sagte sie leise. »Das warst du schon immer. Und du bist uns beiden ganz kostbar. Das weißt du doch, nicht?«

»Ich ... ich ...« Ich hatte es vielleicht geahnt. Sie hatte es noch nie gesagt, nicht so deutlich – wie hätte ich also sicher sein können? Aber jetzt wusste ich es, und ich wollte, dass sie wusste, dass sie mir ebenfalls etwas bedeutete. Ich beugte mich vor und umarmte sie unbeholfen.

Einen Moment erstarrte sie. Dann spürte ich, wie sie nachgab. Sie erwiderte meine Umarmung und tätschelte mir den Rücken. »Gut, schon gut«, sagte sie nach einem Augenblick. »Dann lass uns mal weitermachen. Geh du nur und triff dich mit deinem Freund. Viel Spaß. Bleib nicht zu lange fort, in Ordnung?«

»Okay«, sagte ich. Und dann schnappte ich meinen Mantel und ging los, um mich mit Peter zu treffen und von dem geheimnisvollen Plan zu hören.

7

»Peter, du redest da von Diebstahl!«

»Nein, das ist kein Diebstahl. Ich behalte es ja nicht. Wir benutzen es nur, um Dee zu holen. Und es ist ja sowieso ihr Boot!«

»Das von ihrem *Vater*.«

»Kommt doch aufs Gleiche raus.«

Wir saßen auf dem Kahn, der sanft auf und ab schaukelte. Ich biss mir auf die Lippe und überlegte. Peters Plan sah so aus: Wir würden das Boot nehmen und Dee abholen. Er schätzte, wenn es bis Luffsand nur fünf Kilometer waren, könnten wir leicht innerhalb von ein oder zwei Stunden hinkommen, sie abholen und wieder zurück sein. Das Wetter hatte sich doch noch ganz freundlich entwickelt, es gab also keinen Grund, warum sie nicht herkommen konnte.

»Aber was ist mit ihrem Vater? Was ist, wenn er zurückkommt und feststellt, dass der Kahn nicht mehr da ist?«, fragte ich.

»Tut er nicht. Auf dem Fischmarkt läuft jetzt die Auktion. Da geht er doch nicht weg, bis sie vorbei ist, oder?

Wir können wieder zurück sein, ehe er überhaupt wieder hierherkommt.«

Irgendwie hatte Peter recht. Der jährliche Winterjahrmarkt war ja vielleicht ein schlechter Witz, aber auf der gleichzeitigen Fischauktion ging es hoch her. Wir konnten das Anpreisen und Handeln der Männer vom Hafen her hören.

»Bist du ganz sicher, dass du dieses Boot steuern kannst?«

»Hundertpro!«, sagte Peter. »Der Bootsführer hat gesagt, ich sei der Beste, den er je erlebt hat. Ein totales Naturtalent. Ich hab den Dreh gleich am ersten Tag rausgehabt, und er hat mich bisher jeden Tag steuern lassen. Gestern hab ich sogar das Kommando übernehmen dürfen, solange er den anderen geholfen hat, ihre Leinen zu entwirren. Ich fühle mich ganz sicher. Als ob ich dafür geboren sei.«

Die Begeisterung in Peters Blick war ansteckend, aber ich war noch nicht richtig überzeugt.

»Es kommt mir trotzdem falsch vor«, sagte ich, doch wieder verunsichert.

»Ja, kann ich verstehen«, erwiderte er. »Und glaub mir, so etwas würde ich normalerweise auch nicht vorschlagen. Aber irgendwie ist das doch nicht gut – Dee sitzt da drüben fest und ist todunglücklich, und du hier, genauso unglücklich.«

Er hatte ja recht. Was konnte es schon anrichten? Dees Vater würde nichts mitbekommen, und Dees Tag wäre doch noch gerettet. Ihre Ferienwoche. Wenn wir sie erst mal aufgemuntert hätten, könnte sie sich mit ihrem Vater aussöhnen, und alle wären wieder glücklich. Wir würden vielleicht sogar der ganzen Familie einen Gefallen tun!

»Wir müssten aber ein bisschen Geld im Boot lassen, um für den Tank aufzukommen«, sagte ich.

»Klar machen wir das!«, sagte Peter. Dann grinste er. »Du bist also einverstanden?«

War ich das? Sollten wir *wirklich*? Trotz meiner Vorbehalte konnte ich nicht anders, ich ließ einen Funken der Begeisterung auf mich überspringen. Ich würde meine neue Freundin treffen. Ich hatte das Gefühl, sie schon zu kennen, obwohl wir uns noch gar nicht begegnet waren!

»Was soll Dee ihrem Vater denn sagen, wie sie hierhergekommen ist?«, fragte ich.

Peter rieb sich das Kinn. Die Art, wie er das machte, hatte etwas, das mir vertraut vorkam, aber ich hatte keine Ahnung, warum. Es war eigenartig; ehrlich gesagt war ich in Gegenwart eines Jungen noch nie so unbefangen gewesen.

»Ich hab's!«, rief er. »Sie kann behaupten, dass einer der anderen Fischer sie mitgenommen hat. Sie sind doch inzwischen alle zu der Auktion herübergekommen.«

»Klingt nicht so überzeugend für mich, aber vielleicht hat sie ja selbst eine Idee. Und wenn uns nichts einfällt, muss sie ja nicht unbedingt mit uns herkommen. Dann hab ich sie immerhin getroffen. Das ist die Hauptsache.«

»Genau!«, pflichtete Peter mir bei. »Sieh mal!«, Er deutete auf das Wasser. »Es ist total still. Das Wetter hat aufgeklart, und das Meer hat sich beruhigt. Dees Vater hat unrecht gehabt mit dem Sturm. Wahrscheinlich freut er sich, dass sie doch noch jemand rübergeholt hat.«

Ich zögerte, ehe ich etwas erwiderte, und Peter machte sich meine Unentschlossenheit zunutze. »Ich wette, dass er sogar den Schlüssel an derselben Stelle versteckt wie alle anderen«, sagte er. Er stand auf und hob das Polster von der Bank, auf der er saß. Die Sitzfläche war ein Deckel, den er ebenfalls anhob. Er tastete herum, dann zog er eine Korkkugel heraus, an der ein Schlüssel hing.

»Na bitte!«, sagte er mit breitem Grinsen.

Ich konnte nicht anders, ich musste auch lächeln. Vielleicht hatte er ja recht. Vielleicht war das ein Zeichen.

»Mia – das könnte deine *einzige* Chance sein, Dee zu treffen«, sagte er bestimmt.

Das musste man mir nicht erst sagen. Genau das ging mir die ganze Zeit im Kopf herum. Und er hatte recht. Was konnte denn schlimmstenfalls passieren? Vielleicht würde Dees Vater wirklich mit ihr schimpfen, aber es bestand doch eher die Chance, dass sie sich aussöhnten.

Und die Vorstellung von ihrem Gesicht, wenn wir auf Luffsand aufkreuzten – ich konnte es kaum erwarten! Ohne weitere innere Einwände zuzulassen, nickte ich Peter zu. »Okay«, sagte ich. »Machen wir es.«

Langsam legten wir von dem Anleger ab. Auf spiegelglattem Wasser glitt das Boot dahin. Es war so still. Die Wetterleute waren wirklich zu nichts nütze! Dees Vater hatte sich total geirrt.

Sanft glitten wir in die Bucht. Peter war im Steuerhaus, blickte angestrengt nach vorne und warf ab und zu einen Blick auf den Kompass. Sanft strich mir der Wind übers Gesicht, während ich mich an die Bordwand lehnte und die Augen schloss. Es war himmlisch. Noch nie hatte ich mich so entspannt und friedlich gefühlt, so neugierig, so –

»AMELIA!«

Innerhalb einer Nanosekunde saß ich kerzengerade und riss die Augen auf.

»MIA!«

Es war Mum. Sie stand mit Flake am Strand. Sie sah fuchsteufelswild aus.

»Amelia, was hast du vor?«, brüllte sie.

»Mum, was ist denn los?«, rief ich zurück.

»Was los ist?«, schrie sie und rannte aufs Ufer zu. »Die Welt deiner Großmutter liegt in Trümmern, ich versuche, mich um den Pub und die Gäste zu kümmern, und du machst mit einem wildfremden Jungen, den wir noch nie gesehen haben, eine Vergnügungstour auf einem Boot! Was glaubst du denn, was los ist?«

Ich warf einen Blick auf Peter im Steuerhaus. Er hatte die Richtung gewechselt und steuerte uns auf den Anleger zu, näher an Mum. Ich wusste nicht, ob er gehört hatte, was sie gesagt hatte, aber wenn doch, dann ließ er sich überhaupt nicht anmerken, ob er gekränkt war oder nicht.

»Hör mal, wir bleiben nicht lange«, fing ich an.

»Du bleibst *überhaupt nicht*!«, fuhr mich Mum an. »Ich weiß wirklich nicht, was du dir denkst.«

»Ich denke, ich habe das Anrecht darauf, mich wenigstens *ein* Mal diese Woche zu amüsieren!«, meckerte ich unbedacht zurück, aber – na ja, sie war schließlich nicht die Einzige, die mit allem fertig zu werden versuchte.

Mum sah mich nur an. »Keiner von uns hat ein Anrecht auf *irgendwas*, solange dein Großvater verschwunden ist«, rief sie.

Wir waren jetzt beinahe parallel zur Hafenmole und nah genug, dass ich ein nervöses Zucken auf Mums Wange und die dunklen Ringe unter ihren Augen erkennen konnte. Sie sah aus, als sei sie diese Woche um zehn

Jahre gealtert. Da begriff ich. Es war ihr *Vater*, der verschwunden war. So schlimm das für mich war, für sie war es fünfzigmal schlimmer. Wie konnte ich nur so selbstsüchtig sein?

»Mum, es tut mir leid«, rief ich. »Warte mal kurz.« Ich öffnete die Tür zum Steuerhaus. »Wir müssen zurück«, sagte ich zu Peter. »Wenn es auch ein toller Vorschlag war.«

Peter nickte. Doch er hatte die Zähne fest zusammengebissen und einen entschlossenen Blick. »Na gut, ich setz dich ab«, sagte er, »aber ich hole Dee für dich rüber.«

»Du kannst doch nicht allein fahren! Sie kennt dich nicht mal!«

»Du hast sie mir doch beschrieben. Ich sage, dass ich ein Freund von dir bin. Ich erkläre ihr alles.«

Ich ließ mir das durch den Kopf gehen. Die Vorstellung war verlockend. Ich wollte Dee unbedingt kennenlernen, und Peter konnte das bewerkstelligen. Aber ich konnte meinen Verstand nicht dazu überreden, dass die Entscheidung richtig war. »Peter, das geht nicht.«

»Warum nicht?«

»Denk doch mal nach. Dee hat keine Ahnung, wer du bist. Es ist unwahrscheinlich, dass sie zu einem Jungen ins Boot steigt, den sie gar nicht kennt. Auch noch in den Kahn, den der Junge ihrem Vater gestohlen hat!«

»Ich stehle ihn doch nicht –«

»*Ich* weiß, dass du ihn nicht stiehlst, aber es wäre bestimmt schwierig, einen anderen davon zu überzeugen. Dee hat noch nie von dir gehört, ihr Vater kennt dich nicht, es gibt überhaupt keine Verbindung zwischen dir und dem Kahn.«

Peter stieß einen enttäuschten Seufzer aus. »So betrachtet ...«

»Du weißt, dass ich recht habe. Du kannst das echt nicht tun.«

Er nickte. »Wahrscheinlich nicht.«

»Peter, sieh mich an.«

Er blickte auf. »Was ist?«

»Du darfst das wirklich nicht machen.«

»Okay. Du hast ja recht. Ist aber jammerschade.«

»Hey, das musst du *mir* nicht sagen.«

Er legte perfekt an der Mole an und sprang von Bord, um die Taue um einen Poller zu schlingen. Ich konnte sehen, was der Bootsführer gemeint hatte. Peter erledigte alles so rasch und so natürlich, als habe er es sein Leben lang gemacht.

Er streckte mir die Hand hin, um mir vom Boot zu helfen. »Ich bringe es zum alten Anleger zurück«, sagte er. »Geh du heim mit deiner Mutter.«

»Versprich mir, dass du nicht nach Luffsand fährst.«

»Versprochen«, sagte er. »Dann bis morgen vielleicht.«

Und damit löste er schnell die Taue vom Poller und sprang wieder an Bord. »Ich lasse das Boot genau dort, wo wir es vorgefunden haben«, rief er noch mit einem kurzen Gruß und einem schiefen Grinsen. »Ich verspreche es.«

Mum legte mir den Arm um die Schultern, und wir gingen zurück zum Strand. »Es tut mir leid, Liebling«, sagte sie. »Ich wollte nicht so ungehalten werden. Es ist nur – als ich dich dort auf dem Boot sah, hatte ich ein Bild vor mir, dass dir etwas Schreckliches passiert. Ich darf dich doch nicht auch noch verlieren.«

Dabei brach ihre Stimme, und ich zog sie eng an mich. »Du verlierst *niemanden*«, sagte ich heftig.

Sie schluckte schwer und wischte sich mit der Hand über die Wange. »Danke, Süße«, sagte sie. Dann hakte sie sich bei mir ein. »Komm«, sagte sie. »Lass uns zu Grandma zurückgehen.«

Als wir wieder im Pub waren, machte Grandma uns etwas zum Mittagessen. Eine Weile aßen wir schweigend.

Grandma ergriff als Erste das Wort. »Wir müssen uns zusammenreißen«, sagte sie, legte Messer und Gabel beiseite und verschränkte die Arme. »Wir müssen uns um den Pub kümmern. Wir müssen unser Leben in den Griff bekommen. Wir müssen zuversichtlich sein und dürfen den Glauben nicht verlieren. Das habe ich beschlossen. Wir hören auf, uns Sorgen zu machen. Wir müssen einfach glauben, dass er zurückkommt. Einverstanden?«

»Okay«, sagte ich.

»Einverstanden«, setzte Mum hinzu. Ich erhob mich und stellte mich zwischen die beiden, und wir legten die Arme umeinander. Dann drückten wir uns und lächelten und klammerten uns fest aneinander, bis jede von uns tief im Inneren wusste, dass wir niemals loslassen wollten.

Frank

Er fuhr an den Anleger heran und machte den Kahn an dem Ring am Ende fest. Dann warf er den Schlüssel in das gewohnte Versteck und wuchtete seinen Fang vom Deck. Es war nicht einfach. Zuerst war der Seegang heftig gewesen, doch auf einmal, während er noch unterwegs war, hatte sich die See beruhigt. Er nahm das als gutes Omen.

Die Menge seines Fangs war ein noch besseres Omen. Er konnte sich nicht erinnern, wann er das letzte Mal so viel gefangen hatte.

Er hatte sich mit seiner Frau und seiner Tochter gestritten, ehe er losgefahren war, aber er würde sich wieder mit ihnen versöhnen, wenn er zurück war, ganz bestimmt. Zum Abendessen würden sie leckere Austern haben. Die wollte er mit dem Erlös von der Auktion kaufen.

Vor Aufregung ganz kribbelig, schleppte er seine Kiste zur Markthalle. Auf direktem Weg marschierte er zu der Waage, wo die Fischer ihren Fang wiegen ließen.

»Morgen, Charlie – na, was sagst du dazu?«, sagte er und lächelte, als er seine Kiste abstellte. Doch als er aufblickte, erstarrten seine Züge. »Du bist ja gar nicht Charlie«, sagte er.

»Wer soll denn Charlie sein?«, fragte der Mann an der Waage.

Frank lachte. Wer Charlie sein sollte? »Der hat zufällig hier gearbeitet, solange ich zurückdenken kann!«

Der Mann zuckte die Schultern. »Ich wiege hier seit vier Jahren ab.«

Frank starrte den Mann an. Dann lachte er wieder – diesmal allerdings nicht so überzeugt. »Ja, ja, guter Witz«, sagte er.

Der Mann starrte zurück. »Soll ich deinen Fang wiegen oder nicht?«

Frank zögerte und stand mit offenem Mund da. Ihm fiel nichts mehr ein. Schließlich nickte er.

Der Mann wog Franks Fang und schrieb eine Zahl auf einen Zettel. »Du bist bei Versteigerung Nummer drei dran«, sagte er. »Fängt um zwei an. Guter Fang, Kumpel.«

Während sich der Mann dem nächsten Kunden zuwandte, entfernte sich Frank wankend von der Waage. Was ging hier vor sich? Wo war Charlie?

Er sah sich in der Versteigerungshalle nach einem vertrauten, freundlichen Gesicht um, das ihm das Rätsel lösen konnte – oder ihm sagen konnte, wer der Witzbold an der Waage war.

Aber er konnte kein freundliches, vertrautes Gesicht entdecken. Halt. Das stimmte nicht ganz. Die Gesichter waren alle recht freundlich, nur eben nicht vertraut. Seit fast fünf-

zehn Jahren kam er her, und er kannte fast jeden Fischer aus der Gegend. Heute jedoch nicht.

Er erkannte keinen einzigen.

Frank wankte zu den Bänken hinten in der Versteigerungshalle. Er setzte sich, zog ein Taschentuch heraus und wischte sich übers Gesicht. Der Schweiß lief ihm herunter; seine Hände zitterten.

Was ging hier vor sich? Warum kannte er keinen?

Was war mit ihm los?

8

Samstagmorgen war ich vor Mum oder Grandma oder einem der Gäste wach. Nachdem ich mich eine halbe Stunde hin- und hergewälzt hatte, stand ich auf und schlich nach unten. Flake wedelte träge mit dem Schwanz, als er mich sah.

»Komm, wir gehen raus«, sagte ich und schnappte mir seine Leine. Dann öffnete ich leise die Hintertür, und wir machten uns zum Hafen auf.

Flake rannte vergnügt den Strand auf und ab, jagte Möwen und bellte die Wellen an. Ab und zu fand er ein Stöckchen, das er mir brachte und schwanzwedelnd vor meinen Füßen fallen ließ. Geistesabwesend warf ich es, und wir schlenderten weiter zum alten Anleger. Vielleicht geschah ja ein Wunder und Dee würde heute kommen. Oder möglicherweise war wenigstens eine neue Nachricht da. Je mehr ich darüber nachdachte, desto mehr überzeugte ich mich, dass es möglich war. Ich wünschte es mir so verzweifelt. Abgesehen von allem anderen wollte ich auf ihre letzte Nachricht antworten und erklären, warum ich gestern nicht geschrieben hatte.

Ich bückte mich und lief durch die Bögen. Das Wasser reichte mir bis zu den Knöcheln, und der Rand meiner Jeans wurde nass, da ich vergessen hatte, sie in die Gummistiefel zu stecken. Ich bemerkte es kaum. Mir ging es nur darum, das Boot zu entdecken.

Aber es war nicht da.

Na ja, das war nur natürlich. Zum einen war es ungefähr sieben Uhr morgens. Und zum anderen ein Samstag. Dees Vater hatte genauso ein Anrecht auf ein freies Wochenende wie jeder andere auch.

Als ich schließlich wieder im Pub war, wusste ich, dass ich etwas unternehmen musste, um meine jämmerliche Stimmung abzuschütteln. Es wäre ungerecht gegenüber Mum und Grandma, wenn ich das ganze Wochenende einen Flunsch ziehen würde, daher beschloss ich, mich lieber hilfsbereit und vergnügt zu geben. Gut, vergnügt war vielleicht ein bisschen zu viel verlangt, aber ich konnte es ja wenigstens versuchen.

Also räumte ich mein Zimmer auf, dann machte ich in der Küche weiter und kümmerte mich um den Abwasch, und als ich das erledigt und geholfen hatte, das Frühstück für die Gäste zu machen, hatte ich zwei Stunden totgeschlagen.

Einerseits wäre ich gerne wieder zum Hafen gegangen, nur für alle Fälle. Aber ich wusste, dass es sinnlos war. Dee würde nicht kommen. Ablenkung war eindeutig die beste Strategie.

»Mum, gibt es was, das ich erledigen kann?«, fragte ich, als mir die Hausarbeiten ausgegangen waren, die unbedingt erledigt werden mussten. Grandma war oben und putzte die Gästezimmer, während sich Mum um den Pub kümmerte. Es war kaum jemand da, nur zwei Fischer saßen auf den hohen Hockern an der Bar.

»Du könntest Gläser abräumen.«

»Sind keine da.«

»Ach so. Die Anrichte in der Küche abwischen?«

»Schon erledigt«, sagte ich.

Mum sah sich am Schanktisch um und schüttelte den Kopf. »Tja, Liebes, etwas anderes fällt mir auch nicht ein. Hast du denn nichts zu tun? Warum triffst du dich nicht mit einem deiner neuen Freunde?«

Ha. Kein gutes Thema, Mum.

Doch dann hatte ich einen Einfall. Vielleicht gab es ja doch eine Möglichkeit, Dee zu treffen.

»Mum, heute sieht es doch nicht so aus, als ob im Pub viel los sein wird, oder?«, fragte ich.

Mum sah sich in dem fast leeren Raum um und lachte. »Irgendwie nicht.«

»Warum überreden wir Grandma nicht, ein paar Stunden dichtzumachen und mit auf einen Ausflug zu kommen?«

Mum sah mich an. »Einen Ausflug? Alle drei?«

Ich nickte.

»Wohin würdest du denn gerne gehen?«

Ich zögerte und tat so, als würde ich erst mal nachdenken. »Ich weiß auch nicht«, sagte ich. »Vielleicht auf einen Bootsausflug oder so.«

»Ich wusste gar nicht, dass du dich so für Boote interessierst«, sagte Mum. »Das musst du von deinem Großvater haben.«

»Mmm«, machte ich.

»Tja, gestern habe ich dich wohl von einem Bootsausflug abgehalten, und es lenkt Großmutter ja vielleicht ein bisschen ab. Alles ist besser, als hier den ganzen Tag Trübsal zu blasen und darauf zu warten, dass was passiert.«

»Genau!«

»Und wohin soll die Fahrt gehen, was dachtest du?«, fragte Mum.

Ich atmete tief durch, versuchte nicht auf das rasende Pochen in meiner Brust zu achten, und sagte so beiläufig wie möglich: »Weiß nicht. Vielleicht nach Luffsand?«

Aus irgendeinem Grund prustete einer der Fischer, die während der letzten zehn Minuten schweigend dagesessen hatten, plötzlich sein Bier über die Theke.

»Oje!«, rief Mum aus und rannte nach hinten, um einen Lappen zu holen.

Als die Tür hinter ihr zuschwang, hob der Fischer sein Glas in meine Richtung. »Viel Glück damit«, sagte er augenzwinkernd. Er schien sich über mich lustig zu machen.

»Da solltest du dir lieber ein anderes Ziel einfallen lassen«, setzte sein Freund hinzu. »Eines, das es – wie soll ich es ausdrücken –, das es wirklich gibt?«

Dann fielen beide vornüber, schütteten sich aus vor Lachen und schlugen sich gegenseitig auf den Rücken.

Ehe ich die Gelegenheit zu einer Antwort hatte, ging die Schwingtür auf, und Mum kam mit dem Lappen zurück.

Grandma war hinter ihr. »Was ist denn hier passiert?«, fragte sie, während Mum das Bier aufwischte.

Ich wollte schon antworten, aber einer der Männer war schneller. »Wir haben gerade über die Gewalt der See geredet«, sagte er mit einem Augenzwinkern.

Grandma zog eine Augenbraue hoch und sah mich an. »Also, egal, was sie dir verzapft haben, glaub ihnen kein Wort«, sagte sie gutgelaunt. »Diese Männer spinnen das beste Seemannsgarn, das ich je gehört habe. Sie würden eine Kaulquappe fangen und dir vormachen, dass es ein Haifisch ist. Also, meine Herren, darf's noch was sein?«

Und damit zapfte Grandma den beiden je ein Bier, und das Gespräch war beendet und vergessen.

Ich wusste nicht, was die Männer gemeint hatten, aber ich war sicher, dass Grandma recht hatte mit ihrer Beschreibung von ihnen. Die meisten Gäste hier redeten die meiste Zeit Unsinn, vor allem, wenn sie was getrunken hatten.

Gerade wollte ich Grandma fragen, was sie davon hielt, einen Ausflug zu machen, als eine Frau eine Tasse Tee bestellte und sie in die Küche ging, um den Kessel aufzusetzen. Während sie nach hinten verschwand, ging die vordere Tür auf, und eine Familie trat ein. Ein Mann, eine Frau und ein Mädchen, das ungefähr in meinem Alter war. Sie blieben verlegen an der Tür stehen und machten keine Anstalten, weiter in den Raum zu kommen.

»Mittagessen, ja?«, fragte Mum und trocknete sich die Hände an einem Handtuch ab. »Ein Tisch für drei?«

»Äh, wir wollten nur …«, fing die Frau an. Ihre Stimme zitterte, und sie brach ab und biss sich auf die Lippe.

Der Mann trat einen Schritt vor. »Wir suchen den Wirt«, sagte er. »Sind Sie das?«

»Nein, meine Mutter«, sagte Mum. »Ich sage ihr, dass Sie sie sprechen möchten.«

Mum verschwand in der Küche und ließ mich bei der Familie zurück. Ich wollte sie auch gerade stehenlassen, doch ich wurde neugierig. Die drei standen schweigend da, kamen nicht richtig herein, sondern warteten auf Grandma. Wer waren sie? Was wollten sie? Hatte es was mit Grandad zu tun?

Mein Herz machte einen kleinen Satz, als ich das dachte, aber ich zwang mich, nicht daran zu glauben, dass es möglich sein konnte. Ich lächelte ihnen zu, und wir alle warteten unbehaglich und wussten nicht, was wir sagen sollten.

Zum Glück kam Mum einen Augenblick später zurück. »Sie ist gleich da«, sagte sie. »Kann ich Ihnen etwas bringen, solange Sie warten?«

Der Mann schüttelte den Kopf. »Nein danke.«

Ich beobachtete ihn, während er sprach. Etwas an ihm kam mir vertraut vor. Die Frau war mir fremd, und ich war ziemlich sicher, dass ich das Mädchen noch nie gesehen hatte, obwohl es ehrlich gesagt schwer zu beurteilen war, weil sie seit dem Reinkommen auf ihre Füße blickte. Aber ich hätte schwören können, den Mann irgendwoher zu kennen. Vielleicht war er ja berühmt?

»Habe ich Sie schon mal gesehen?«, fragte ich ihn.

Er sah mich an, und ein verwirrter Ausdruck huschte über sein Gesicht. »Ich glaube nicht«, sagte er. »Entschuldigung, ich bin … wir sind …«

In dem Moment kam Grandma zurück. Sie brachte der vorigen Besucherin den Tee und setzte ihr freundliches Wirtinnen-Lächeln auf, während sie zu der Familie im Gastraum trat. Es war leicht festzustellen, woher Mum und ich unser *Sei-nett-Lächeln* hatten.

»Hallo, ich bin die Wirtin«, sagte sie und nahm ein paar Gläser von einem Tisch, um sie auf die Theke zu stellen. »Wie kann ich Ihnen helfen?«

Die Frau griff in ihre Tasche. »Wir wollten fragen, ob Sie uns einen Gefallen tun können«, sagte sie. »Wir würden gerne etwas an Ihrem schwarzen Brett aufhängen, falls Sie so was haben. Oder vielleicht im Fenster?«

»Nun, gewöhnlich nicht ...«, begann Grandma. »Um was handelt es sich denn?«

Die Frau zog eine DIN-A4-Seite heraus. »Es geht um ... unseren ...« Dann schluckte sie schwer und verstummte.

Der Mann griff nach ihrer Hand. Er räusperte sich. »Es geht um unseren Sohn«, sagte er ernst. »Er ist verschwunden.«

»Ach, wie schlimm für Sie«, sagte Grandma. »Natürlich können Sie das.«

Die Frau streckte ihr die Seite entgegen. Grandma ging auf sie zu, um ihr das Blatt abzunehmen. Und dann geschah etwas Seltsames.

Grandma sah sich das Blatt an. Ihr Lächeln gefror. Ihre Hand erstarrte. Das Blatt fiel zu Boden. Die Gläser in ihrer anderen Hand ebenfalls.

Während die Gläser auf den Boden krachten, sah

Grandma plötzlich aus, als habe ihr jemand einen Stoß versetzt. Sie taumelte zurück und lehnte sich an einen Tisch.

Ich eilte zu ihr. »Grandma, alles in Ordnung?«

Mum kniete sich nieder, sammelte Glasstücke auf und entschuldigte sich bei der Frau. Das Paar war zurückgewichen und blickte von Mum zu Grandma. Grandma stützte sich schwer auf den Tisch, starrte ins Nichts und atmete heftig.

»Alles in Ordnung«, sagte sie nach Luft schnappend.

Mum sah mich an. »Hol einen Handfeger, Liebes«, sagte sie.

Ich lief in die Küche, um Kehrblech und Besen zu holen. Als ich wieder in den Gastraum wollte, stieß ich mit Grandma zusammen, die mir entgegenrannte.

»Grandma, wo gehst du hin?«, fragte ich.

Sie zögerte einen Moment, dann schüttelte sie den Kopf. »Gib mir nur eine Minute, Amelia«, sagte sie.

Ich ließ sie vorbei und trat in den Gastraum.

»Grandma geht es nicht so gut«, sagte ich zu der Familie. »Sie hat gerade große Sorgen.«

Die Frau hatte ihr Blatt Papier aufgehoben und drückte es an die Brust, als müsse sie es schützen. Sie musste ja denken, dass wir alle verrückt waren. Es hätte mich nicht gewundert, wenn sie nicht mehr wollten, dass wir etwas mit ihnen oder ihrem Sohn zu tun hatten.

Ich reichte Mum Kehrblech und Feger und deutete auf einen Tisch bei der Theke. »Hören Sie, warum setzen Sie sich nicht kurz hin?«, sagte ich zu der Familie. »Grandma kommt gleich zurück. Ich mach uns mal Tee.«

Die Frau nickte. »Das wäre nett. Danke, Liebes.«

Ich wandte mich an den Mann.

»Für mich einen Kaffee, vielen Dank«, sagte er.

Das Mädchen blickte kurz auf. »Kann ich bitte eine Cola haben?«, fragte sie leise.

»Kommt alles sofort«, sagte ich so aufmunternd wie möglich – was ehrlich gesagt nicht recht munter klang. Aber ich glaube nicht, dass es jemandem auffiel.

Ich ging in die Küche zurück und setzte den Kessel auf. Während das Wasser kochte, holte ich zwei Tassen heraus und goss Cola in ein Glas.

Ich lauschte dem Summen und Zischen des Kessels, während sich das Wasser erwärmte, und versuchte mir einen Reim auf Grandmas Verhalten zu machen. Warum war sie so ausgetickt? War sie krank? War es der ganze Stress? Aber warum gerade jetzt?

Doch dann begriff ich. Natürlich nahm sie das mit. Irgendwelche Leute waren aufgetaucht, die ebenfalls jemanden vermissten – so wie sie! Das *musste* ja etwas in ihr auslösen!

Ich ließ das Wasser kochen und ging nach oben, um nach ihr zu suchen.

Sie war nicht in ihrem Zimmer. Ich sah in meinem nach und in Mums, aber dort war sie auch nicht.

Dann hörte ich ein Geräusch von dem Stock darüber. Dort gab es nur ein Zimmer. Grandad nannte es sein Arbeitszimmer, aber eigentlich war es eine Rumpelkammer. Er war der Einzige, der jemals dort hinaufging. Ich war seit Jahren nicht mehr oben gewesen. Soweit ich wusste, ging Grandma auch nie hinauf. Sie sagte immer, sie könne die Unordnung nicht ertragen.

Aber jetzt war sie dort.

»Grandma?«, rief ich unsicher aus dem Flur.

Sie antwortete nicht. Ich stieg ein paar Stufen hoch und rief wieder. »Grandma, bist du da oben?«

Diesmal hörte ich etwas, das klang, als würde eine Kiste umfallen, gefolgt von Grandmas Stimme. »Du dummer, dummer Kerl!«, sagte sie. Mit wem redete sie? *War Grandad da oben?*

Ich rannte die Treppe hinauf und stand unter der Tür. Zuerst konnte ich sie gar nicht sehen. Ich sah nur Kisten, die aufgetürmt waren, dazwischen überquellende Taschen, alles Mögliche lag verstreut herum. Wenn ich nicht gewusst hätte, wie Grandad war, hätte ich geglaubt, dass hier ein Einbrecher sein Unwesen getrieben hatte.

Dann entdeckte ich Grandma, die im Schneidersitz mitten im Zimmer saß und eine Tasche mit Fotos auf den Knien hatte. Sie hielt sich den linken Fuß.

Sie sah zu mir auf und versuchte zu lächeln, aber ein dicker Streifen Wimperntusche lief ihr in Zickzacklinien über die Wange, was nicht gerade half, mich zu überzeugen, dass ihr Lächeln echt war.

Sie musste gesehen haben, wie ich sie anstarrte, denn sie sah schnell weg und rieb sich mit dem Ärmel über das Gesicht. Als sie wieder aufblickte, hatten sich die Zickzacklinien in einen großen schwarzen Fleck verwandelt. Es sah aus, als hätte sie sich mit einem Stück Kohle über das Gesicht gerieben.

Ich stieg vorsichtig über die herumliegenden Sachen und setzte mich neben sie. »Grandma, was ist denn los?«, fragte ich sanft.

»Die blöde Kiste ist mir auf den Zeh gefallen«, sagte sie und versuchte, unbekümmert zu klingen. »Dein Großvater – er ist ja so ein Messie. Am liebsten würde ich das ganze Zeug rausschmeißen.«

»Grandma.« Ich legte ihr die Hand auf den Arm. »Ich meine nicht die Kisten.«

Grandma blickte auf meine Hand. Sie nickte und presste die Lippen zusammen. Dann hatte ich den Eindruck, dass sie etwas zu sagen versuchte, aber es kam als halb verschlucktes Würgen heraus, und eine Träne fiel von ihrer Wange auf meine Hand.

»Es ist Grandad, stimmt's?«, fragte ich.

Sie wandte mir ihr tränenverschmiertes Gesicht zu

und öffnete den Mund, um zu sprechen. Dann schüttelte sie den Kopf. »Ich kann nicht ... Es macht keinen ...«, begann sie. Dann verstummte sie und sah wieder hinunter. Sie sah so verloren und klein aus, und plötzlich kam ich mir wie die Ältere vor, die Trösterin. Ich wollte sie beschützen.

Ich legte ihr den anderen Arm um die Schultern. Zum ersten Mal im Leben spürte ich, wie sie sich an mich schmiegte.

»Ist schon in Ordnung«, sagte ich. »Du musst nichts erklären. Ich verstehe dich.«

Sie sah mich wieder an, mit einem ganz merkwürdigen Ausdruck. »Tust du das?«, frage sie zittrig.

»Aber natürlich. Eine Familie taucht auf und erzählt, dass jemand von *ihnen* vermisst wird. Das muss dich doch umhauen, wo Grandad ebenfalls vermisst wird. Das hat alles noch mal aufleben lassen, und du hast wieder Angst, dass er nicht mehr zurückkommt.«

Dann lächelte sie leicht und nickte. Sie wich etwas zurück, nahm meine Hand und drückte sie. »Du hast recht, Liebes«, sagte sie. »Natürlich ist es das. Er fehlt mir so sehr. Ich weiß einfach nicht, was ich ohne ihn machen soll. Manchmal glaube ich, dass ich verrückt werde, wenn er nicht heimkommt. Manchmal denke ich, ich bin schon halb verrückt.«

»Er kommt wieder heim, Grandma«, sagte ich. Aber

ich wusste, dass es nur leere Worte waren, und ich konnte meine eigene Unsicherheit nicht verbergen. »Das wird er doch, oder?«, fuhr ich fort, ehe ich an mich halten konnte.

Grandma sah mich an. »Aber natürlich«, sagte sie nach einer Weile. Sie lächelte und strich mir übers Gesicht.

Ich lächelte zurück, und als sich unsere Blicke trafen, wurde mir etwas klar. Ob wir glaubten, was wir sagten, spielte im Moment keine Rolle. Entscheidend war, dass wir begriffen, wie sehr wir beide es voneinander hören wollten.

»Du bist so ein gutes Mädchen, Amelia«, sagte Grandma leise.

Grandma und ich hatten so einen Moment noch nie erlebt. Ich hatte das Gefühl, dass wir endlich einen Weg zu dem Abgrund gefunden hatten, der zwischen uns gähnte, und feststellten, dass er doch nicht so tief war. In diesem Moment fühlte er sich so klein an, dass wir ihn längst hätten überbrücken können.

Wichtig war nur, dass wir es jetzt geschafft hatten.

Aber wichtig war auch – wie mir plötzlich einfiel –, dass unten Leute auf uns warteten.

»Komm«, sagte ich und löste mich zögernd von Grandma. Ich stand auf und streckte die Hand aus, um ihr aufzuhelfen. »Wir müssen zu der Familie zurück.«

Grandma sah mich an und nahm meine Hand. »Ich wasch mir nur noch das Gesicht«, sagte sie. »Geh du schon runter. Sag ihnen, dass ich gleich nachkomme.«

Ich nickte und wandte mich zum Gehen.

»Amelia«, sagte Grandma leise. Ich drehte mich zurück. Sie lächelte mir zu, und zum ersten Mal in der Woche war es ein echtes Lächeln. Ein Lächeln, das ich noch nie an Grandma gesehen hatte. Offen, warm, sanft. »Danke dir«, sagte sie nur.

Ich verharrte einen Augenblick, um ihre Worte aufzunehmen. Ich weiß, sie waren ganz schlicht, und es waren nur zwei Wörter, aber ich konnte mich nicht erinnern, dass sie sie jemals mit so viel Gefühl zu mir gesagt hatte.

Ich lächelte Grandma an. »Bitte«, sagte ich. Dann verließ ich sie, damit sie sich waschen konnte, und eilte nach unten. Als ich den Kessel erneut aufsetzte, durchlief mich ein ängstlicher Schauer. Ich wusste nicht, woher er kam, aber irgendwas an dieser Familie machte *mich* genauso unruhig wie Grandma.

Als ich die Getränke schließlich in den Gastraum brachte, war Grandma hinter mir, und wir traten gemeinsam ein.

»Bitte entschuldigen Sie den Vorfall«, sagte Grandma kühl, sobald sie in den Gastraum trat. »Ich hatte in letzter Zeit so ein paar komische Anwandlungen. Muss wohl ein kleiner Infekt sein. So, nun wollen wir mal sehen, wie wir Ihnen helfen können. Wo wohnen Sie zur Zeit?«

Grandma ging zügig und geschäftsmäßig an die Sache heran. Es war, als sei sie ein anderer Mensch als die Großmutter, die gerade noch in meinen Armen geschluchzt hatte. Sie war wieder die Chefin, die Frau, die sich um andere kümmerte, sachlich und emotionslos.

»Wir sind im Seaview Place«, sagte der Mann. »Aber dort müssen wir heute Nachmittag ausziehen. Wir sind seit einer Woche hier.«

»Gestern Abend ist unser Sohn nicht zurückgekommen. Gleich heute Morgen haben wir es der Polizei gemeldet, und ein Team befasst sich damit. Sie sagten, sie sind sicher, dass er heute auftaucht«, fügte seine Frau hinzu, »aber natürlich müssen wir so lange hierbleiben, wie es dauert.«

Grandma warf Mum und mir einen Blick zu, nickte kurz und sagte: »Also, dann ziehen Sie für ein paar Tage hier ein.«

Das Paar sah Grandma groß an. Mum ebenso. Das Mädchen biss sich auf die Lippe und sah ihre Eltern an.

»Ich ... ich weiß nicht, ob wir ...«, stammelte die Frau.

Grandma unterbrach sie. »Kein Wenn und Aber«, sagte sie. »Die meisten unserer Gäste sind entweder gestern abgereist oder verlassen uns heute. Wir haben genug Zimmer. Sie müssen Ihren Sohn finden.«

»Ich finde, das ist eine wunderbare Idee«, sagte der Mann. »Wie viel kostet –«

»Und ich will keine Bezahlung«, schnitt ihm Grandma das Wort ab, ehe er die Frage beenden konnte.

Jetzt starrten *wir alle* sie an. »Ihr Sohn ist verschwunden«, sagte Grandma bestimmt. »Sie brauchen jegliche Hilfe und Unterstützung, die Sie finden können. Sie sind unsere Gäste, und damit basta.«

Dann verschränkte sie die Arme und sah uns herausfordernd an.

»Natürlich müssen Sie bleiben«, sagte Mum und legte der Frau die Hand auf den Arm. »Wir tun unser Möglichstes, um Ihnen zu helfen.«

»Sie sind sehr, sehr freundlich«, sagte der Mann. Er sah seine Frau an, und sie nickte kurz. »Wir bleiben gerne hier. Danke.«

Die Frau holte ihr Blatt Papier wieder aus der Tasche.

»Können wir den Aushang aufhängen, ehe wir unsere Sachen holen?«

»Aber natürlich«, sagte Grandma. »Amelia, hol das Klebeband, und wir befestigen ihn im Fenster.«

Ich lief in die Küche und öffnete das Schubfach mit Kleinkram. Alles, was nicht irgendwo hingehörte, landete gewöhnlich hier drin. Was bedeutete, dass das Fach meistens proppenvoll war mit Hunderten von Einzelgegenständen, die man höchst selten brauchte. Ich kramte zwischen Heftklammern, Glühbirnen, einem Ordner mit Gebrauchsanweisungen für Küchengeräte herum und fand schließlich eine Rolle Klebeband. Ich nahm sie und ging zurück.

Im Gastraum hielt ich der Frau die Rolle hin.

»Warum klebst du den Aushang nicht an?«, sagte Grandma. »Ich zeige den Leuten ihre Zimmer.«

Die Frau lächelte mir zu. »Vielen Dank«, sagte sie fast flüsternd. Ihre Augen schwammen vor Tränen, die sie zu unterdrücken versuchte.

Ich nahm ihr den Aushang ab und wollte gerade damit zum Fenster gehen, als kurz aufeinanderfolgend drei Dinge geschahen, die mich erstarren ließen.

Das erste war, dass das Mädchen sagte: »Ich gehe zurück in die Ferienwohnung und hole Mitch.«

Das zweite war, dass Mum fragte: »Wer ist Mitch?«, und das Mädchen antwortete: »Unser Hund. Ein West Highland Terrier.«

Das dritte war, dass ich zu atmen aufhörte.

Mitch.

Das Blatt Papier in meiner Hand fühlte sich plötzlich an, als würde es brennen. Ich wollte es nicht in der Hand behalten. Und ich wollte es auf keinen Fall ansehen.

Aber ich musste.

Ich spürte, wie mein Herz heftig pochte, als ich die Augen schloss und das Blatt umdrehte.

Ich öffnete die Augen. Es fühlte sich an, als ob ein eisiger Dolch mein Innerstes durchfuhr.

Der Junge auf dem Aushang war Peter.

9

Ich weiß nicht, wie lange ich sein Foto anstarrte. Ich weiß nur noch, dass ich alle von oben zurückkommen hörte und immer noch neben der Tür stand und den Aushang anglotzte, den sie mir gegeben hatten.

Ich schüttelte mich und klebte ihn ins Fenster, und dann begann ich mir Fragen zu stellen, die ich einfach nicht beantworten konnte.

Zum Beispiel: Was sollte ich machen? Sollte ich es ihnen sagen? Was sagen? Dass ich ihn kennengelernt hatte? Dass ich ihn gestern gesehen hatte? Na und? Das bedeutete gar nichts. Dann glaubten sie womöglich, ich hätte Lösungen, und ich wollte ihnen keine falschen Hoffnungen machen. Ich hatte absolut keine Antwort auf das alles.

Aber was war die Alternative? Nichts sagen?

»Dann kommen wir später zurück«, sagte die Frau gerade zu Grandma, als sie in den Gastraum traten. »Wir müssen nur noch diese Aushänge im ganzen Ort verteilen – sie überall anbringen, wo es sinnvoll erscheint.«

In dem Moment fiel mir eine Ausrede ein, aus dem

Pub zu kommen. Wenn ich etwas Nützliches machte, würde mein Kopf vielleicht aufhören, sich vor verzweifelten und unbeantwortbaren Fragen zu drehen.

»Ich übernehme die Aushänge«, stieß ich hervor. »Sie haben genug zu tun. Sie müssen doch packen und hier einziehen und so. Lassen Sie mich helfen.«

Das Paar sah mich an. »Ich kann kaum glauben, wie freundlich Sie alle zu uns sind«, sagte die Frau. »Sie kennen uns doch nicht mal, und trotzdem bemühen Sie sich so – es ist unglaublich.«

Ich tat so, als müsse ich meinen Schuh zuschnüren, damit ich nach unten sehen und mein Gesicht verstecken konnte. Ich wollte nicht, dass jemand von ihnen die schuldbewusste Röte sehen würde, die meinen Hals und mein Gesicht überzog, wie ich merkte. Ja, ich wollte helfen. Natürlich wollte ich das. Aber ich tat das auch für mich. Ich musste etwas gegen die verstörenden Gedanken unternehmen, die mein Bewusstsein zu bedrängen begannen. Was war, wenn Peter sein Versprechen doch nicht gehalten hatte? Er war mir zwar wie jemand vorgekommen, der sich an sein Wort hielt – aber wenn nun doch nicht? Was war, wenn er mit dem Boot nach Luffsand gefahren war? Ich hatte keine Ahnung, wie ich das herausfinden sollte, aber vielleicht konnte ich mich ja nach Hinweisen umsehen, wenn ich draußen war und nicht hier im Pub festsaß.

Der Mann sah seine Tochter an. »Warum gehst du nicht auch mit, Liebes? Wir kommen mit dem Packen allein zurecht.«

Zum ersten Mal hob das Mädchen den Kopf, und unsere Blicke trafen sich. Ich war nicht sicher, dass ich ihre Hilfe wollte. Im Moment stand mir der Sinn nicht danach, neue Freundschaften zu schließen. Ich wollte allein sein und versuchen, Klarheit in meinen Kopf zu bringen. Aber die Art, mit der sie mich ansah, ließ mich plötzlich denken, dass wir einander vielleicht nützlich sein könnten. Es war der Ausdruck in ihrem Blick. Sie kam mir verloren, einsam und verstört vor – ganz ähnlich, wie ich mich zur Zeit fühlte. Außerdem – jemanden dabeizuhaben half mir wahrscheinlich, meine Gedanken zu beschäftigen, ehe meine Sorgen außer Kontrolle gerieten.

»Das wäre super«, sagte ich.

Das Mädchen sah ihre Eltern an und nickte. »Okay.«

Ihre Mutter warf ihrem Vater einen kurzen Blick zu. »Geht nicht zu weit fort«, sagte sie. »Und bleibt die ganze Zeit zusammen, verstanden?«

»Okay«, erwiderten wir beide. Dann nahm das Mädchen die restlichen Aushänge von ihrer Mutter, und wir machten uns in den Ort auf.

»Hey, ich weiß nicht mal, wie du heißt«, sagte ich, als wir die Straße zum Hafen entlanggingen. Beim Gehen verschränkte ich die Arme vor der Brust. Ich hatte es so eilig gehabt, dass ich vergessen hatte, mir meinen Mantel anzuziehen. Immerhin war es recht mild, und es regnete nicht, deshalb wollte ich nicht zurückgehen, um ihn zu holen. Ich brachte es nicht über mich, schon wieder in den Pub zurückzukehren.

»Sal«, sagte sie. »Und du?«

»Mia. Also, eigentlich heiße ich Amelia, aber so nennt mich keiner mehr außer meiner Großmutter – oder meinen Eltern, wenn sie mich wegen irgendwas anmeckern!«

Ich lächelte, und Sal lächelte zurück. »Ich weiß, was du meinst«, sagte sie. »Mich nennt jeder Sal. Mein zweiter Vorname ist Elizabeth, und manchmal sagen meine Eltern Sally Elizabeth zu mir. Passiert nicht so oft, aber ich weiß, dass ich in Schwierigkeiten bin, wenn sie es tun!«

Ich lachte, und plötzlich fühlte ich mich so unbeschwert wie seit Stunden nicht. Sal machte einen umgänglichen und netten Eindruck. Sie war ungefähr in meinem Alter und kannte hier bestimmt genauso viele Leute, mit denen sie reden konnte, wie ich. Wenn es nicht darum gegangen wäre, nach ihrem verschwundenen Bruder zu suchen, hätten wir sicher viel Spaß miteinander gehabt.

»Kommst du gut aus mit Peter?«, fragte ich, als wir zum Meer abbogen.

Sal zuckte die Schultern. »Doch, ganz gut. Wir streiten nicht, falls du das meinst.«

»Ich kann mir nicht vorstellen, dass Peter jemals streitet«, sagte ich, ehe ich es zurückhalten konnte.

Sal blieb abrupt stehen und sah mich an. »Wie meinst du das? Du kennst meinen Bruder?«

Meine Wangen wurden heiß, als sei ich bei einer Lüge ertappt worden. Was ja nicht stimmte. Ich hatte nichts angestellt. Ich hatte nichts zu verbergen.

»Ja, ich bin ihm zweimal am Strand begegnet«, murmelte ich.

Ich hielt den Atem an, während Sal mich weiter anstarrte. Dann wandte sie sich ab und ging weiter.

»Genau, du hast recht. So ein Mensch ist er. Er kommt mit jedem aus.«

Ich stieß den angehaltenen Atem aus und folgte ihr.

»Ich hoffe nur, dass ihm nichts passiert ist. Ich könnte es nicht ertragen, wenn er … Ich will ihn heil zurück«, sagte sie.

»Wir finden ihn«, sagte ich bestimmt. »Wir finden ihn schon.«

Danach gingen wir schweigend weiter. Ich zerbrach mir den Kopf, was ich sagen könnte, um sie zu beruhigen, aber mir fiel nichts ein. Ein Teil von mir wollte ihr erzählen, was Peter vorgehabt hatte – dass er mit dem Boot hatte hinausfahren wollen –, aber was brachte das? Ich selbst dachte ja schon die ganze Zeit daran, und es brachte meine Gedanken, Hoffnungen und Befürchtungen durcheinander. Das musste ihr nicht auch so gehen.

Und überhaupt, Peter hatte versprochen, es nicht zu tun. Er hatte es *geschworen*. Seiner Schwester eine unausgegorene Geschichte von etwas zu erzählen, das bestimmt nicht passiert war, würde uns nicht weiterhelfen.

Es gab nur eine Möglichkeit: Wir mussten ihn finden.

»Schau mal. Sollen wir den Aushang dorthin bringen?« Sal deutete auf einen Laden am Ende des Hafens, einen Marineausstatter namens *Schiffland*.

»Gute Idee. Wir sollten es überall versuchen. Wir können außerdem fragen, ob sie ihn gesehen haben.«

Eilig machten wir uns zu dem Laden auf.

Eine Glocke bimmelte verhalten, als wir die Tür aufstießen.

»Hallo?«, rief ich. Es war keiner zu sehen.

Ich war noch nie in dem Laden gewesen. Hunderte Male musste ich daran vorbeigegangen sein, ohne ihn richtig zu bemerken. Fender und Taue und Angelhaken waren nie mein Ding gewesen, daher war das nicht überraschend. Aber als wir jetzt in dem Raum standen, wünschte ich, schon früher hier gewesen zu sein.

»Das ist hier drin ja wie eine ganz andere Welt«, flüsterte Sal und sprach meine Gedanken aus.

Längs durch den Laden standen lauter Verkaufsregale, jedes war vollgestopft mit allem, was man brauchte, wenn man ein Boot besaß oder Seeausflüge machen wollte.

Taue lagen in aufgerollten Spiralen da und sahen aus wie kleine Karusselle; Anker in allen Größen, angefangen bei einem, der wie eine Gartenschere aussah, bis zu Exemplaren, die doppelt so hoch wie ich waren; Seekarten, die aussahen, als könnten sie einem helfen, eine Reise zum Mond zu planen; und Unmengen von Angelruten. Jeder Winkel des Raumes war damit ausgefüllt.

»Hallo?«, rief ich wieder, während wir an Reihen von gelben Öljacken vorbeischlichen, bis wir nach hinten zum Ladentisch kamen.

Sal deutete auf eine Tischglocke aus Messing, die darauf stand. »Sollen wir ...«

»Warum nicht?«

Sal nahm die Glocke und schüttelte sie. Der Klang hallte durch den Laden. Niemand kam. Gerade wollte ich vorschlagen, wieder zu gehen, da hörte ich ein Schlurfen aus einem Raum hinter dem Ladentisch.

Ein älterer Mann tauchte unter der Tür auf. Seine Haare – oder was davon übrig war – standen in dünnen Strähnen in alle Richtungen, als sei er gerade aus dem Bett gekommen. Oben auf dem Kopf hatte er eine glänzende kahle Stelle, und während er dastand, strich er sich ein paar Strähnen von der Seite darüber.

Sein Gesicht war übersät mit Narben, als könnten sie von einem harten Leben erzählen.

Seine durchdringenden grünen Augen richteten sich auf uns, und er kniff sie zusammen. »Kann ich euch helfen?«, fragte er brummig.

Sal trat einen Schritt vor. »Wir, äh, wir wollten mal fragen, ob wir das hier aufhängen können.« Sie nahm einen der Aushänge und hielt ihn dem Mann hin. »Das ist mein Bruder«, erklärte sie, während der Mann eine Brille aus der Tasche zog, sie mit einem Zipfel seines Hemdes putzte und aufsetzte. »Er ist verschwunden«, fügte sie hinzu.

Der alte Mann griff nach dem Aushang und überflog ihn einen Moment lang, ohne etwas zu sagen. Dann blickte er langsam auf und starrte uns beide an. Etwas, das einem Lächeln ähnlich war, zuckte über sein Gesicht. *Machte er sich über uns lustig?*

»Das ist kein Witz«, sagte ich schnell. »Es ist wirklich ernst. Er ist verschwunden, und wir müssen ihn finden.«

Der Mann legte den Aushang auf den Tresen. Das Lächeln schien noch da zu sein, es glomm tief hinten in seinen seltsamen grünen Augen. Dann schüttelte er den Kopf. »Ich mache mich nicht lustig«, sagte er behutsam. Dann kehrte er uns den Rücken zu.

Sal und ich sahen uns an. »Sie hängen den Aushang also auf?«, fragte Sal.

Der Mann machte eine Geste mit der Hand, ohne sich umzudrehen. »Jawohl, ich hänge euren Aushang auf.«

Und damit schlurfte er in das Hinterzimmer zurück, aus dem er gekommen war.

War das alles?

»Glaubst du, dass er zurückkommt?«, flüsterte Sal.

»Keine Ahnung. Sollen wir einfach noch eine Minute abwarten?«, flüsterte ich zurück.

Wir warteten eine Minute. Dann noch eine. Schließlich sagte ich zu Sal: »Ich glaube, wir sollten gehen. Er hat ja gesagt, dass er ihn aufhängt.«

»Wir könnten später noch mal vorbeischauen, nur um zu sehen, ob der Aushang im Fenster ist«, schlug Sal vor.

»Gute Idee. Komm, wir gehen.«

Wir drehten uns um und gingen auf den Ausgang zu. Sal öffnete die Tür, und wir wollten gerade hinaustreten, da rief der Mann hinten aus dem Laden nach uns.

»Sagt mal, welche von euch ist Mia?«, fragte er.

Wir blieben so abrupt stehen, dass wir beim Stopptanz locker den ersten Platz gemacht hätten.

Ich erholte mich als Erste und drehte mich zu dem Mann um. »*Ich* bin Mia«, sagte ich mit zittriger Stimme.

Der Mann nickte. »Hab ich mir schon gedacht. Wollte

nur sichergehen«, sagte er. Dann hielt er eine Plastiktüte hoch und setzte hinzu: »Das ist für dich.«

Ich starrte ihn quer durch den Laden an. Dann ging ich wie ferngesteuert zum Ladentisch zurück und blieb vor ihm stehen. Sal folgte mir.

Der Mann stellte die Tüte auf die Tischplatte. Ich warf einen Blick darauf, und mein Magen schien sich in mir so fest zusammenzurollen wie die Taue am Boden.

Auf der Tüte stand mein Name.

Der Mann schob sie auf mich zu. *Für Mia*, war mit blassem Filzstift daraufgeschrieben. Während ich noch dastand und glotzte, griff er unter den Ladentisch und zog einen Tabakbeutel und Blättchen hervor. »Willst du sie nicht?«, fragte er, nahm sich ein Blättchen und streute Tabak darauf.

»Und die ist wirklich für mich?«, fragte ich. »Ich meine, woher wussten Sie überhaupt, dass ich die richtige Mia bin? Wer hat die Tüte für mich abgegeben?«

Der Mann drehte sich die Zigarette und zündete sie an. Dann stieß er Rauch aus und hustete lang und röchelnd. Als er ausgehustet hatte, strich er sich wieder mit der Hand über den Kopf und sagte: »Welche von deinen Fragen soll ich zuerst beantworten, Schätzchen?«

»Woher wussten Sie, dass ich Mia bin?«, fragte ich.

»Hat mir 'ne Beschreibung gegeben.«

»Wer?«, fragte Sal.

»Der Bursche, der die Tüte dagelassen hat.« Der Mann zuckte die Schultern. »Hat gesagt, sein Name sei Peter.«

»Peter?«, stieß Sal hervor. »*Peter?*«

Mein Magen verknotete sich weiter. Peter war hier gewesen! Er hatte etwas für mich dagelassen! Was war es? Und wann hatte er es dagelassen? Nachdem ich ihn das letzte Mal gesehen hatte? *Nachdem er verschwunden war?*

Und warum war er überhaupt hier hereingekommen?

Der alte Mann stieß mit dem Finger auf den Aushang. »Außerdem hat er ein bisschen wie der hier ausgesehen. Auf jeden Fall auch sone wilde Frisur.«

»Wann war er denn hier?«, fragte Sal, deren Stimme irgendwie gepresst quiekte.

»Ach, ist ein bisschen her. Er hat gesagt, ich müsste vielleicht ziemlich lang auf dich warten.« Der Mann nahm einen tiefen Zug aus seiner Zigarette. »Da hat er recht gehabt«, setzte er hinzu und brach plötzlich in Gelächter aus.

Doch gleich verwandelte sich sein Lachen in ein pfeifendes, röchelndes Husten. Während er noch lachte und keuchte, begann ein Telefon auf seinem Arbeitstisch zu klingeln. Der Mann nahm den Hörer ab und drehte uns den Rücken zu, als seien wir nicht da.

»Eric Travers«, meldete er sich kurz.

Ich ging um den Ladentisch herum und starrte ihn an, bis er mich ansah.

»Wann hat er es hiergelassen?«, flüsterte ich.

Er scheuchte mich mit einer Handbewegung weg.

»Es ist wichtig«, sagte ich.

Er machte eine unwillige Grimasse. »Moment mal, bitte«, sagte er in den Hörer. Dann legte er die Hand über die Sprechmuschel und wandte sich uns beiden zu. »Ich bin fertig. Nun geht schon«, sagte er unhöflich.

»Aber –«

»Kein Aber. Geht. Ich hab euch das Päckchen überreicht. Ich hab meinen Teil erledigt. Ich will nichts mehr damit zu tun haben.«

»Bitte, Mr Travers«, fing Sal an. »Es ist wirklich wich-«

»GEHT, habe ich gesagt!«

Sal und ich sahen uns an. Sie hob fragend die Augenbrauen. Ich antwortete mit einem Schulterzucken, dann machten wir kehrt und eilten hinaus, ehe uns dieser komische alte Kauz noch mal anschrie.

»Hey!«, rief er uns nach, als wir schon halb draußen waren.

Ich drehte mich um. Er hielt die Plastiktüte in der Hand. »Vergiss dein Päckchen nicht.«

Ich rannte zurück und schnappte mir die Tüte. Ich war so verwirrt von allem, dass ich sie fast vergessen hätte.

»Danke«, sagte ich, dann machte ich erneut kehrt und rannte aus der Tür, während sich der Mann wieder seinem Telefon zuwendete.

Sal saß draußen auf einer Bank mit Blick auf den Hafen.

»Das war ja vielleicht abartig«, sagte ich und ließ mich neben sie fallen.

»Ja, ganz schön abartig«, erwiderte Sal.

Ich sah sie an. »Willst du zurück und es deinen Eltern sagen?«, fragte ich.

Sie schüttelte den Kopf. »Ich möchte erst die restlichen Aushänge verteilen – und rausfinden, was in dem Päckchen ist.«

»Okay«, stimmte ich ihr zu. »Aber wenn wir zurückkommen, dann rufen wir die Polizei, egal, was wir sonst noch machen«, sagte ich bestimmt.

Sal schluckte. »Was sollen wir denen sagen?«

Ich holte Luft und wandte mich ab, während ich sie langsam wieder ausstieß. »Dass wir vielleicht gerade die letzte Person getroffen haben, die Peter gesehen hat, ehe er verschwunden ist.«

Diane

Sie saß den ganzen Tag am Fenster. Nun gut, vielleicht nicht den gesamten Tag. Die erste Stunde, nachdem ihr Vater fortgegangen war, verbrachte sie in ihrem Zimmer. Sie schimpfte und fluchte und rannte so aufgebracht hin und her, dass es ein Wunder war, dass noch was vom Teppich übrig war, als sie aufhörte.

Schließlich riss sie eine Seite aus dem Auftragsbuch ihrer Mutter und schrieb ihre Gefühle nieder. Es war die einzige Möglichkeit, sie loszuwerden. Sie hätte ja ihr Tagebuch genommen, aber das hatte sie ihrem Vater mitgegeben.

Sie schrieb nieder, wie sehr sie sich über ihren Vater ärgerte, wie er alles verdarb, wie sehr sie ihn hasste, Luffsand hasste, im Moment einfach alles hasste.

Schließlich, als sie ihren Ärger losgeworden war, schrieb sie von ihrer Angst.

Am Ende schrieb sie noch dazu: »Vater, bitte komm bald heim. Ich liebe dich und will dich einfach nur in Sicherheit wissen. Es tut mir leid. Ich werde auch nie mehr böse auf dich sein, versprochen. Komm einfach nur heim, bitte.«

Danach legte sie den Stift nieder, faltete die Seite und ging nach unten. Als sie ihre Mutter fest umarmt und ihr eine Entschuldigung zugeflüstert hatte, die sie auch gerne ihren Vater hätte hören lassen, trat sie an die Fensterbank, setzte sich, sah hinaus in den tobenden Sturm und versuchte ihr banges Herz zu beruhigen.

Es waren noch zwei Stunden bis zum Höchststand der Flut und schon hoben sich die Wellen bedrohlich hoch und schlugen wie eine aufgebrachte Meute an die Hafenmauer. Sie wollten einfach nicht nachlassen, bis sie die ersehnte Verwüstung angerichtet hatten. Die wenigen Boote innerhalb des kleinen Hafens bäumten sich mit jeder Woge auf wie Rodeopferde. Jedes Mal bäumte sich auch Dianes Herz mit ihnen auf, so heftig, dass sie Angst hatte, es würde ihr aus dem Mund schießen, wenn sie nicht achtgab.

Sie beobachtete, wie der Meeresspiegel mit zunehmender Flut immer weiter stieg, sah, wie der Seegang immer stärker wurde, und hoffte dabei die ganze Zeit inständig, das Boot ihres Vaters ankommen zu sehen.

Warum hatte sie zugelassen, dass er sie in dieser düsteren Gemütsverfassung zurückließ? Sie blickte direkt aus dem Fenster und bot dem Meer folgenden Handel an: Bring meinen Vater heim, lass ihn zurückkommen, dann schwöre ich, dass ich ihm gegenüber nie wieder ein böses Wort verliere.

Schließlich, nachdem sie nichts mehr zu verhandeln hatte und ihre Wünsche versiegt waren, rollte sie sich auf der Fensterbank zusammen, schloss die Augen und betete.

10

»Willst du es nicht aufmachen?«

Sal kauerte neben mir auf der Bank. Das Päckchen lag auf meinem Schoß. Ich wusste nicht genau, wie lange wir dagesessen und es angestarrt hatten, und ich wusste auch nicht, was Sal von dem hielt, was gerade geschehen war. Ich wusste ja selbst nicht, was ich davon halten sollte. Meine Gedanken kreisten wie wild und suchten nach einem Anhaltspunkt, der logisch erschien. Folgendes hatte ich mir zurechtgelegt. Es war nicht viel.

Ich hatte Peter gestern gesehen. Er hatte mit dem Boot hinausfahren wollen, hatte jedoch versprochen, es seinzulassen. Irgendwann danach war er verschwunden.

Das war ungefähr alles. Und zu den dünnen Informationsfetzen, die sich nicht richtig zusammenstückeln ließen, kam eine Frage, die an mir nagte. *Hatte er das Boot doch genommen?*

Ich sah Sal an. Ihr Blick war voller Traurigkeit und Verwirrung. Ich konnte meine Befürchtungen nicht mehr für mich behalten.

»Sal«, sagte ich, »ich muss dir was erzählen.«

Sie sah auf. »Was?«

Ich wollte fortfahren, konnte aber nicht die richtigen Worte finden. Bestimmt würden meine Zweifel sie nur noch besorgter machen. War es angebracht, sie in noch mehr Ängste zu stürzen?

Nein, ich konnte es nicht. Ich konnte ihr diese zusätzliche Last nicht aufladen, zu allem was sie schon bekümmerte.

Und noch etwas – wenn Peter dieses Päckchen in dem Laden abgegeben hatte, hieß das nicht, dass er noch auf dem Festland war?

Die Wahrheit war doch, dass meine Überlegungen immer noch von zu vielen Fragezeichen umgeben waren, und es war einfach nicht fair, sie mit Sal zu teilen, bis ich wusste, wohin sie führten. Was bedeutete, dass ich das erst mal irgendwie selbst herausfinden musste. Oder zumindest musste ich eine ungefähre Vorstellung haben.

Ich lächelte ihr zu. »Ich will nur sagen, ich bin sicher, dass sich alles regelt«, sagte ich. »Wir finden ihn schon.«

Sal lächelte zurück. »Danke«, sagte sie. »Ich glaube das auch, jetzt, wo ihr uns helft, du und deine Familie. Die Polizei war ganz hilfsbereit, aber ich habe schon gemerkt, dass sie Peter für einen typischen Teenager halten, der einfach ohne ein Wort abhaut – und ganz urplötzlich wieder auftaucht. Immerhin habe ich jetzt das Gefühl, dass wir etwas Sinnvolles machen. Ihr seid so freundlich.«

Ich war nicht sicher, dass sie mir für irgendetwas danken musste. Wenn meine bedrohlichen Befürchtungen sich als richtig herausstellten, konnte es gut sein, dass *ich* der Grund dafür war, dass Peter überhaupt verschwunden war.

Es war an der Zeit, das Thema zu wechseln.

»Gut, dann sehen wir uns mal das Päckchen an«, sagte ich. Ich löste das Klebeband und sah in die Tüte.

»Was ist drin?«, fragte Sal. Ich nahm das Ding heraus – eine große Halbkugel aus Messing. Ich drehte sie in meinen Händen.

»Warte«, sagte ich. »Schau doch mal, man kann es aufmachen.« Oben auf der Halbkugel war ein Verschluss. Ich drückte ihn auf und schob den runden Messingdeckel zur Seite. Er glitt unter den Boden und rastete ein. Darunter kam eine halbrunde Kuppel zum Vorschein, in die oben ein flaches Glas eingelassen war. Unter dem Glas war ein großer Stern, umgeben von vielen Buchstaben und Zahlen und einem Zifferblatt mit einer Nadel in der Mitte.

»Ein Kompass«, sagte Sal. »Verstehe ich nicht.«

»Ich auch nicht.« Ich starrte den Kompass an. Irgendwie kam er mir bekannt vor. Hatten wir so etwas in der Schule benutzt? Hatte Dad einen zu Hause? Oder vielleicht war ja einer im Pub. So war es wahrscheinlich. Es war genau so etwas, das Grandad irgendwo im Gastraum haben könnte.

Sal deutete auf die Tüte. »Da ist noch was anderes drin«, sagte sie.

Ich stöberte in der Tüte und zog ein zerknittertes Stück Papier heraus. Ich entfaltete es.

Wir beugten uns beide darüber und versuchten zu ergründen, was da vor uns lag. Auf den ersten Blick hätte ich gesagt, dass es Abfall war, der zufällig in der Tüte mit dem Kompass gelandet war. Es war eingerissen und sah aus wie etwas, das man zwischen den Polstern eines ganz alten Sofas findet.

Jemand hatte die ganze Seite vollgekritzelt. Wörter, die ich nicht lesen konnte, weil sie dick durchgestrichen waren. Gekritzelte Bilder von Pfeilen, die in alle möglichen Richtungen deuteten, die meisten auch ausgestrichen. Die einzigen, die nicht ausgestrichen waren, deuteten alle direkt nach oben.

In der rechten oberen Ecke fiel ein großgeschriebenes N auf. Es war der einzige Buchstabe auf der Seite, der nicht ausgestrichen war.

»Doch nur Abfall«, sagte Sal. »Ist wohl versehentlich da reingekommen.«

Ich wollte den Zettel wegwerfen, aber als ich ihn schon zerknüllte, bemerkte ich, dass auf der Rückseite auch etwas stand. Ich strich das Papier wieder glatt und drehte es um.

Diesen Kompass immer im Boot lassen!!!

Die Notiz war mit einem breiten schwarzen Stift geschrieben und so dick unterstrichen, dass ein kleiner Riss entstanden war, wo der Stift fest aufgedrückt hatte. Ich las den Text laut vor.

»Was soll das bedeuten?«, fragte Sal. »Was für ein Boot?«

Ich schüttelte den Kopf. »Keine Ahnung.«

Dann schaute sie mir über die Schulter auf den Zettel und wurde weißer als das Papier.

»Alles okay?«, fragte ich.

Sie nickte, doch indem sie auf die Wörter deutete, sagte sie etwas, das mein Blut so gefrieren ließ, dass ich fast spüren konnte, wie sich Eiswürfel in meiner Brust bildeten.

»Es ist Peters Handschrift«, sagte sie. »Was immer das bedeuten soll, es ist eine Botschaft an uns – und sie ist *eindeutig* von ihm.«

Ihre Stimme brach beim Sprechen. Da wusste ich, dass ich ihr alles erzählen musste, egal ob es Verzweiflung oder Unruhe auslöste. Was jetzt zählte, war, dass wir hier zusammen drinsteckten.

»Sal«, sagte ich vorsichtig.

Sie blickte auf.

»Es ist nur ... also, ich ...« Ich wandte den Blick ab. »Hör mal, es gibt etwas, das ich dir sagen muss.« Ich blickte zum Strand hinüber, auf das Wasser, das wogend und schäumend an die Hafenmauer schlug. Wo sollte ich anfangen?

»Über Peter?«, fragte Sal.

Ich nickte.

»Hat er ... Du und er, seid ihr, du weißt schon ...«

»Nein!«, stieß ich hervor. »Es ist nichts in der Art! Ich bin ihm nur zweimal begegnet, und die meiste Zeit haben wir über unsere Hunde geredet.«

Sal lachte etwas. »Das überrascht mich nicht. Peter liebt Mitch.«

»Ja, das ist mir nicht entgangen.«

»Also, was dann? Was willst du mir erzählen?«

»Na ja, wie ich schon gesagt habe, Peter war richtig nett. Und hilfsbereit. Und er wollte versuchen, mich aufzuheitern. Du musst wissen, ich habe so eine Art Freundin. Sie wohnt auf einer Insel und sollte gestern eigentlich herkommen, aber sie schaffte es nicht.«

»Und was hat das mit Peter zu tun?« Sals Stimme wurde eine Spur ungeduldig.

»Er wollte mir helfen. Er wollte, dass wir hinfahren und sie holen.«

»Sie holen? Wie?«

»Auf einem Boot«, sagte ich unsicher. »Er wollte, dass wir mit einem Boot hinfahren.«

»Was? Peter wollte ein Boot stehlen? Auf keinen Fall – so was würde er nie tun. Das sieht ihm gar nicht ähnlich.«

»Nein, er wollte es doch nicht stehlen. Es ist das Boot von Dee.«

»Dee?«

»Meiner Freundin. Oder besser, das Boot von ihrem Vater. Peter hat vorgeschlagen, es auszuleihen und hinzufahren, um sie zu holen. Wir waren schon auf dem Weg aus dem Hafen, als meine Mutter auftauchte und mich zurückrief.«

Sal stierte mich an. »Wieso hast du mir davon nicht längst was erzählt?«

»Weil er versprochen hatte, nicht alleine rauszufahren. Er hat es *geschworen*. Es wäre anders gewesen, wenn ich das Boot ausgeliehen hätte, aber wenn Peter es genommen hätte, wo doch keiner von Dees Familie gewusst hätte, wer er ist – na ja, das wäre schwer zu erklären gewesen und hätte schon wie Diebstahl ausgesehen.«

Sal schwieg eine Weile. Sie sah mich an und nickte

langsam. »Du hast recht«, sagte sie bestimmt. »Und Peter ist kein Dieb.«

»Das weiß ich auch«, sagte ich. »Deshalb habe ich auch nichts —«

»Aber was er am liebsten auf Erden tut, ist, Leuten zu helfen«, fuhr Sal fort, und ihr Gesicht nahm einen besorgten Ausdruck an. Wir saßen stumm da und starrten beide vor uns hin.

Dann wandte sich Sal wieder zu mir um. Sie versuchte etwas zu sagen.

»Was? Was geht dir durch den Kopf?«, fragte ich.

Sie schüttelte den Kopf. »Ich versuche mir darüber klarzuwerden, was Peter mehr angetrieben hätte. Der Wunsch, dir zu helfen, oder die Überzeugung, dass er das Boot von einem Fremden nicht nehmen durfte.«

»Und?«

»Es steht Spitze auf Knopf, denke ich mal.«

Ich nickte.

»Und danach hast du ihn nicht mehr gesehen?«

Ich schüttelte den Kopf.

»Wir stellen also fest, dass Peter vielleicht mit einem Boot rausgefahren ist, allein, und danach ist er von keinem mehr gesehen worden«, sagte Sal tonlos.

»Es tut mir leid. Ich hätte es dir eher sagen sollen. Ich hätte es *allen* —«

»Nein, das hättest du nicht«, unterbrach mich Sal.

»Wenn Mum das auch nur *ahnen* würde, könnte es sie vollends aus der Fassung bringen. Du hast recht gehabt, damit zu warten, bis du sicher warst.«

»Aber das bin ich ja nicht«, sagte ich. »Überhaupt nicht sicher. Wenn, dann bin ich nur noch verwirrter als vorher.«

Sal lächelte schüchtern. »Schon, aber wenigstens können wir jetzt zusammen verwirrt sein.«

Ich lächelte zurück. »Danke«, sagte ich leise.

»Aber hör mal, wenn er dir das Päckchen hinterlegt hat, bedeutet das nicht, dass er *nicht* mit dem Boot losgefahren ist?«, fragte Sal. »Und wenn doch, dass er heil zurückgekommen ist?«

»Genau das habe ich auch gedacht. Aber wenn er auf dem Festland ist, warum ist er dann gestern Abend nicht zu euch zurückgekommen?«

Sal schüttelte den Kopf. »Keine Ahnung. Wenn er jedoch mit dem Boot weggefahren und nicht zurückgekommen ist, wann kann er dann das Päckchen für dich in den Laden gebracht haben?«

Ich atmete schwer aus. Ich hatte keine Antworten. Jedes Mal, wenn ich glaubte, eine zu haben, führte sie nur noch zu weiteren Fragen. Ich besah mir den Kompass genau von allen Seiten und untersuchte ihn und dachte so bohrend nach, dass mir der Kopf allmählich schmerzte. Und schließlich formte sich ein Plan in mir.

»Sal«, sagte ich und starrte den Kompass an.

»Was?«

Ich hielt ihr den Kompass unter die Nase und deutete auf einen Haken an der Rückseite der Halbkugel, wo man ihn in eine passende Vorrichtung einhakte. Eine Vorrichtung, die hier nicht dabei war. Eine Vorrichtung, die ich aber auf jeden Fall schon mal gesehen hatte, da war ich mir jetzt sicher – und zwar nicht im Pub.

Mich fröstelte, während ich weitersprach. »Ich weiß, wo ich das schon mal gesehen habe«, sagte ich. »Das ist der Kompass von dem Kahn von Dees Vater. Und er war *ganz sicher* auf dem Boot, als ich das letzte Mal dort war. Wir müssen nur den Kahn finden, dann finden wir hoffentlich einen Hinweis darauf, was mit Peter passiert ist.«

Wir gingen den Küstenweg entlang in Richtung Ortsmitte und Strand, hinüber zum alten Anleger, wo das Boot gewöhnlich festgemacht war. Vielleicht war es ja da. Wenn dem so war, dann kamen wir der Lösung dieses Rätsels doch bestimmt einen Schritt näher, oder nicht?

Sal brach als Erste unser Schweigen. »Findest du, wir sollten zum Pub zurückgehen und unseren Familien erst mal alles erzählen?«, fragte sie zögernd.

»Möchtest du das?«

»Möchtest *du* denn?« Sie ließ mich nicht aus den Augen.

Was sollte ich antworten? Das, was ich machen wollte, oder das, was ich eher für *angebracht* hielt? Ehrlich gesagt war ich mir nicht mehr sicher, was für wen von uns das Richtige war. Ich entschied, nach meinem Bauchgefühl zu gehen.

»Nein, noch nicht. Erst, wenn wir ihnen mehr als hundert Informationsschnipsel bieten können, die keinen Sinn ergeben.«

Sie atmete auf. »Finde ich auch.«

»Okay, gut«, sagte ich und suchte die Uferlinie unter uns ab. »Komm, lass uns einfach nachsehen, ob das Boot an dem –«

Ich verstummte und blieb stehen. Etwas in der Bucht direkt unter uns hatte meinen Blick angezogen.

»Was ist los?«, fragte Sal. »Warum bleibst du stehen?«

Ich starrte so angespannt in die Bucht, dass meine Augen zu tränen anfingen. Da unten schaukelte etwas. Ein Boot. Es war nirgendwo vertäut, sondern wurde von den Wellen rein- und rausgezogen, fast gestrandet, aber doch schwimmend.

Während ich hinunterstarrte, wurde ich mir immer sicherer, dass es nicht irgendein Boot war. Es war der Kahn! Es schnürte mir den Hals zu, und ein Prickeln lief mir über die Kopfhaut.

Mit zitternder Hand deutete ich hinunter.

»Das – das ist er!«, stieß ich hervor.

Sal blieb ebenfalls stehen und folgte der Richtung meines Fingers. »Das ist wer?«

»Der Kahn von Dees Vater! Der, mit dem Peter rausfahren wollte! Das Boot, das ich im Hafen suchen wollte. Sieht so aus, als ob es in diese Bucht gespült worden ist.«

Sal drehte sich nach mir um. »Du machst Witze!«

Ich kniff die Augen zusammen und sah genau hin. Das Boot hatte dieselbe Form; es hatte ein Steuerhaus mitten auf dem Deck, das genauso aussah; es hatte dieselbe Farbe. Andererseits, wie viele Boote im Hafen sahen diesem nicht mehr oder weniger ähnlich?

»Ich ... ich weiß nicht«, sagte ich plötzlich verunsichert. »Ganz sicher bin ich nicht.«

»Aber es könnte sein?«

Ich saugte die Wange ein. »Ja«, sagte ich schließlich. »Es könnte es sein, eindeutig.« Dann, ohne mir weitere Gedanken zu machen, verließ ich den Küstenweg und bog auf den Pfad ein, der in die Bucht hinunterführte.

»Was hast du vor?«, fragte Sal und rannte fast, um mich einzuholen.

»Mir Sicherheit verschaffen«, sagte ich, ohne langsamer zu werden.

Wir kamen ans Ende der Landspitze und blickten den steinigen Pfad hinunter – oder was davon übrig war.

Er sah aus, als ob mehrere Erdrutsche den Weg ausgewaschen hatten. Überall Steinbrocken, und der Boden machte einen unebenen und rutschigen Eindruck – und war so steil, das es fast senkrecht nach unten ging.

Sal blickte hinunter. »Glaubst du, der Pfad ist sicher?«

Er sah alles andere als sicher aus. Aber was blieben uns sonst für Möglichkeiten? Wenn das da unten der Kahn von Dees Vater war, hatten wir vielleicht nur wenige Minuten, ehe er wieder aufs offene Meer gespült wurde.

»Ich geh voraus«, sagte ich. »Komm hinterher und sei bei jedem Schritt ganz vorsichtig. Wir schaffen das schon.«

Sal nickte und kaute an einem Fingernagel. »Ich habe sogar unter normalen Umständen Höhenangst«, sagte sie. Ihre Stimme klang etwas schriller als gewöhnlich, und zwischen ihren Worten kam ihr Atem in kurzen, rauen Stößen.

»Kenne ich. Geht mir auch so – aber da unten könnte dein Bruder sein!«, sagte ich. »Das ist doch die beste Gelegenheit, Peter zu finden oder zumindest einen Hinweis, was mit ihm passiert ist.«

Sal hörte auf, an ihrem Nagel herumzukauen. »Du hast recht«, sagte sie entschlossen. »Komm.«

Vorsichtig traten wir auf den Weg.

»Mia?«

Ich drehte mich nach ihr um. »Ja?«

»Was ist, wenn ... Was ist, wenn wir den ganzen Weg runterklettern und rausfinden, dass es ein anderes Boot ist?«

Ich sah sie fest an. »Damit befassen wir uns, wenn wir dort sind«, sagte ich. »Aber nur so können wir es rausfinden.«

Sie nickte und lächelte kläglich. »Okay«, sagte sie. »Gehen wir.«

Danach sagten wir nichts mehr, während wir vorsichtig Schritt um Schritt den steilen, steinigen Pfad zu der verlassenen Bucht hinunterkletterten.

»Das ist es, da bin ich sicher«, sagte ich, als wir bis zu den Knien durchs Wasser wateten, um zu dem Boot zu gelangen. Wir hatten Schuhe und Strümpfe ausgezogen und unsere Jeans aufgerollt. Mit den Schuhen in einer Hand und ohne mich um das eiskalte Wasser zu kümmern, untersuchte ich das Boot. »Es ist haargenau gleich.«

»Du bist sicher?«, fragte Sal, die fröstelnd neben mir stand. »Du hast doch gesagt, dass sie alle gleich aussehen.«

»Nein. Sieh dir das an.« Ich deutete auf das Heck des

Bootes. »Siehst du die zwei schwarzen Linien? Solche hat der Kahn von Dees Vater auch.«

»Aber könnte ein anderes Boot nicht auch solche Striche kriegen, wenn es längs am Anleger festgemacht ist? Vom Dagegenreiben?«

Sie hatte recht. Ich konnte nicht sagen, dass ich völlig überzeugt war. Und um genau zu sein, abgesehen von den schwarzen Linien, die vom Reiben am Anleger kamen, schien dieses Boot viel mehr Kratzer und Schrammen zu haben, als ich erinnerte. Seine Kennziffer fing mit PN an, wie das von Dees Vater – allerdings konnte ich mich an die restlichen Ziffern nicht erinnern.

»Peter ist jedenfalls nicht an Bord«, sagte Sal ausdruckslos. »Immerhin besser, als ihn dort zu finden und zu entdecken, dass er –«

»Sei still!«, unterbrach ich sie. »Sprich es nicht aus. Kein Wort davon.« Ich versuchte mich hochzuziehen, um an Bord zu gelangen, aber aus dieser Position stellte sich das als schwierig heraus, vor allem, weil das Boot ständig auf mich zukam und sich mit dem Sog der Wellen wieder entfernte.

»Hör mal, mach mir mal eine Räuberleiter«, sagte ich. »Wir müssen an Bord.«

Ich hob den Fuß in ihre zusammengelegten Hände, und Sal stemmte mich hoch, bis ich über die Bordwand klettern konnte. Dann reichte ich ihr die Hand, um ihr heraufzuhelfen. Wir trockneten uns die Beine mit ein paar Lumpen und zogen die Schuhe wieder an.

»Siehst du irgendwas, das dich überzeugt – so oder so?«, fragte Sal. Wir standen an Deck, hielten uns an dem Steuerhaus fest, um nicht umzukippen, und sahen uns um.

Vor allem sah ich überall ein heilloses Durcheinander. Das Boot war voll mit Seetang und Steinen, und das Deck und die Bänke waren nass. Die Taue lagen abgerollt und in wirren Haufen herum und waren voller Sand, die Kabinentür schwang lose hin und her. Davor lagen umgestürzte Krebskörbe.

»Also, zumindest gibt es hier auch Krebskörbe«, sagte ich. »Wie bei Dees Vater.« Dann fiel mir etwas anderes ein, etwas, das ein sicheres Zeichen war. Vorsichtig stieg ich in den hinteren Teil des Bootes. Vor dem Kasten lagen Haufen von Seetang und Seilen. Ich schob sie beiseite und öffnete ihn.

Dees Tagebuch war da!

Ich zog das Buch heraus, hielt es hoch und strahlte, als sei es eine Goldmedaille.

»Was ist das?«, fragte Sal.

»Dees Tagebuch! Jetzt bin ich ganz sicher. Hundertpro. Es ist eindeutig das richtige Boot.«

Ich setzte mich und blätterte die Seiten durch, um zu sehen, ob etwas Neues darinstand, das uns helfen könnte, herauszufinden, was passiert war. Aber der letzte Eintrag war der, den ich gestern gelesen hatte – was bedeutete, dass Dee mit ziemlicher Sicherheit ihr Tagebuch nicht zurückbekommen und das Boot sie also wahrscheinlich nicht erreicht hatte. Und *das* bedeutete ... das bedeutete ... was? Dass Peter das Boot nicht genommen hatte oder dass er doch damit losgefahren war, aber nie auf Luffsand angekommen war?

»Peter ist etwas Schreckliches zugestoßen, nicht?«, sagte Sal und sprach die düsteren Befürchtungen aus, die mir durch den Körper krochen, so dass mir die Haare auf den Armen zu Berge standen und mein Nacken prickelte.

Ich hätte gerne gesagt, dass sie unrecht hatte. Ich wollte sie beruhigen, aber ich konnte nicht. »Ich weiß nicht«, sagte ich schließlich und steckte das Tagebuch in meine Tasche. Ich wollte es nicht in dem Kasten lassen, ich wollte es bei mir haben. Ich wusste, dass das dumm war, aber ich hatte das Gefühl, dass wir Peter leichter finden könnten, wenn ich Dees Worte in der Nähe hatte.

Sal nickte. Dann ging sie auf dem Boot umher, legte die Taue wieder zu etwas ordentlicheren Rollen zusammen und klappte die Deckel der Bänke hoch.

»Was machst du?«, wollte ich wissen.

»Ich suche nach einem Beweis, dass Peter hier gewesen ist. Vielleicht hat er etwas zurückgelassen. Er könnte uns sogar eine Nachricht aufgeschrieben haben.«

Tief im Inneren glaubte ich nicht wirklich, dass wir etwas finden würden. Wenn er uns eine Nachricht auf dem Boot zurückgelassen hatte, warum hätte er sich dann die Mühe gemacht, das Päckchen in den Laden zu bringen? Aber es war besser, als gar nichts zu tun, also suchten wir das Boot gemeinsam ab.

Dann hatte ich noch eine Idee. Ich klappte den Sitz der Rückbank hoch.

Zuerst sah ich nur ein paar Eimer voller Fischhaken und Köder und Geräte und eine unordentlich zusammengelegte Fischerjacke wie die, die sich Peter vor kurzem gekauft hatte, nur älter und schmutziger. Ich durchsuchte alles nach dem Schlüssel.

Er war nicht da.

Ich beschloss, Sal nichts zu sagen. Schließlich bedeutete das nichts. Peter konnte den Schlüssel mitgenommen haben, als er ging – wenn er überhaupt hier gewesen war. Dann fiel mir noch was ein. Das Steuerhaus.

Ich ging hinein, und mein Herz machte einen Satz wie ein sterbender Fisch, der sich aufbäumte.

Der Schlüssel steckte im Zündschloss.

Sal war hinter mir. Sie blieb unter der Tür stehen. »Was ist?«, fragte sie.

»Der Schlüssel ...« Ich wusste nicht, was ich sonst noch sagen sollte.

Sal folgte meinem Fingerzeig. »Er steckt noch«, sagte sie. »Was hat das zu bedeuten?«

»Ich weiß nicht«, erwiderte ich und versuchte, meine Stimme gefasst und beruhigend klingen zu lassen. »Aber hör mal, das muss nicht unbedingt etwas Schlimmes bedeuten. Wir können daraus nicht schließen, dass Peter das Boot gefahren hat.«

Sal hatte sich abgewandt. Plötzlich schob sie die Tür zu und bückte sich, um etwas aufzuheben, das dahinter eingeklemmt war. Sie sah mich an. Ihr Gesicht war so weiß wie die Gischt, die an den Strand schwappte. Sie hielt etwas, das ich erst gestern gesehen hatte.

Eine Jacke. Ähnlich wie die unter der Bank – nur dass diese nagelneu war. Es war Peters Jacke. Und er hatte sie getragen, als ich ihn das letzte Mal gesehen hatte, eindeutig.

»Ich glaube«, sagte Sal, »dass wir jetzt vielleicht doch sicher sein können.«

Ich schluckte. »Es wird ihm schon nichts passiert sein«, sagte ich. »Ich bin sicher, dass wir einen klareren Hinweis fänden, wenn er ... wenn er ...«

»Sprich es nicht aus«, sagte Sal.

Sie hatte recht. Wir durften den Gedanken, dass Peter draußen auf dem Meer einen Unfall gehabt hatte, nicht mal zulassen. Auch wenn es wahrscheinlich oder möglich sein mochte, es war einfach nichts, an das wir zu diesem Zeitpunkt denken durften.

»Ach, komm schon, lass uns positiv denken«, sagte ich. »Solange wir davon ausgehen, dass Peter nichts Schlimmes passiert ist, gibt es genau zwei Möglichkeiten. Entweder ist er mit dem Boot ans Festland zurückgekehrt ...«

Sal schüttelte den Kopf. »Wenn er das getan hätte, dann wäre er doch nach Hause gekommen. Da bin ich mir sicher. Niemals würde er zulassen, dass wir uns Sorgen machen, wenn er in der Nähe wäre. Was ist die andere Möglichkeit?«

»Dass er nach Luffsand gefahren und dort ausgestiegen ist. Und dass das Boot davongetrieben wurde. Vielleicht hat er es nicht richtig vertäut und sitzt dort drüben fest.« Ich überlegte kurz. »Und ich nehme mal an, es gibt noch eine dritte Möglichkeit«, setzte ich hinzu.

»Welche?«

»Dass er überhaupt nicht rausgefahren ist. Das würde allerdings bedeuten, dass er das Boot festgemacht und dann aus irgendeinem Grund seine Jacke ausgezogen hat, ehe er ausstieg.«

»Warum sollte er so etwas tun?«, fragte Sal. »Das ergibt doch keinen Sinn.«

Stimmt, dachte ich. Hier ergibt *nichts* einen Sinn.

»Also gut«, sagte Sal. Sie nickte langsam, als würde sie etwas beschließen. Dann stellte sie sich mit entschlossener Miene neben mich. Sie warf mir einen kurzen Blick zu, und obwohl sie kein Wort sagte, wusste ich, was sie dachte.

Ich trat zur Seite. Sal nahm meinen Platz am Steuerrad ein.

Während sie sich in Position brachte und die Anzeigen vor sich begutachtete, nahm ich den Kompass aus der Tüte und beugte mich zu dem Ständer über dem Steuerrad. Er wackelte etwas, als ob der Kompass zu ungestüm herausgerissen worden sei. Ich zog eine Schraube an und hakte dann den Kompass vorsichtig auf. Er rastete ein, als würde er dort hingehören.

Was ja auch so war.

Sal sah mich mit hochgezogenen Augenbrauen an. Immer noch ohne ein Wort mit ihr zu wechseln, nickte ich. Sie nickte zurück. Dann drehte sie den Schlüssel. Der Motor sprang an.

Etwas in mir schrie: *Was um Himmels willen machen wir da?*

Eine andere Seite von mir – die stärkere, die Seite, auf die ich hörte – wusste genau, was wir vorhatten.

Wir würden nach Peter suchen.

11

Sal kurbelte an dem Steuerrad, so dass sich das Boot zum offenen Meer drehte.

»Du weißt doch, wie man so was steuert, oder?«, fragte ich, während wir aus der Bucht tuckerten.

Ohne sich umzudrehen, sagte Sal: »*Ich* habe auch an dem Kurs teilgenommen, musst du wissen. Peter hat zwar immer das ganze Lob der Fischer eingeheimst, aber ich nehme mal an, nur, weil er ein Junge ist. Immer, wenn sie ihn lobten, wie geschickt er sei, und ihm zeigten, wie man die Angel zum Makrelenfang präparierte, habe ich am Steuer gestanden«, sagte sie. »Zum Glück, wie sich herausstellt.«

Genau, und soweit wir wussten, hatte Peter das Boot in lebensbedrohliche Gefahren gesteuert.

Ich war froh, dass Sal mich nicht ansah. Ich wollte nicht, dass sie mein Gesicht sah und meine Gedanken erriet.

»Ich vertraue dir«, sagte ich. Das meinte ich ernst. Mir blieb ja auch nichts anderes übrig. Es war der beste Plan, der uns bisher eingefallen war. Oder besser, der *einzige* Plan. Ich musste glauben, dass Peter auf Luffsand war, und ich musste glauben, dass uns Sal sicher dorthin brachte. Nach einem Blick zurück zur Küste – die schon ein ganzes Stück entfernt war – wusste ich, dass es keinen Plan B gab.

»Kannst du dir ihre Gesichter vorstellen, falls wir mit Peter im Pub auftauchen?«, fragte Sal, während sie steuerte.

»*Falls?*«, erwiderte ich, hauptsächlich, um ihr zu beweisen, dass ich ihr wirklich vertraute. »Meintest du nicht *wenn?*«

Sal drehte sich kurz um und grinste mich an. Ich merkte, wie ich mich etwas entspannte, und lächelte zurück. Sie hatte ja wirklich recht. Wäre das nicht genial, zu unseren Familien zurückzukehren und zu berichten, dass wir nicht nur die Aushänge verteilt, sondern Peter gefunden und mitgebracht hatten?

»Okay, in welcher Richtung liegt Luffsand?«, fragte Sal.

Ich dachte an Dees Nachrichten. »Im Norden.«

Sal blickte auf den Kompass und drehte das Steuerrad leicht mal hierhin, mal dahin und korrigierte die Richtung beim Fahren. Immer weiter hinaus fuhren wir auf Wasser, das so still und klar war, dass ich den Grund sehen konnte, selbst, als wir schon weit aus der Bucht waren.

Ich entspannte mich immer mehr. Wenn wir nicht einen bestimmten Grund für unsere Expedition gehabt hätten, hätte sie mir vielleicht sogar Spaß gemacht.

Ich sah mich um, während Sal steuerte. Ich weiß nicht, wonach ich eigentlich suchte. Schließlich erwartete ich ja nicht, Peter hier mitten auf dem Meer auftauchen und uns zuwinken zu sehen, um aufgenommen zu werden. Der Gedanke ließ mich erschauern.

Nach einer Weile war die Insel schon in Sicht. Die Seite, die wir ansteuerten, war von Bäumen bewachsen, die nach dem langen Winter noch kahl waren.

»Wir müssen um die Insel herumfahren«, sagte ich. »Das Dorf liegt auf der anderen Seite.«

Sal korrigierte die Richtung.

Während wir die Insel umrundeten, warf ich einen Blick auf den Kompass. Der Pfeil stand genau auf Norden. Auf einmal wurde das Boot von einer Bö erfasst, so dass es schlingerte und ich an Sal stieß.

»Ups, tut mir leid«, sagte ich. In dem Moment erfasste uns ein weiterer Windstoß. Diesmal fielen wir beide hin.

»Wow, es wird ganz schön stürmisch«, sagte Sal. »Findest du, wir sollten –«

Sie konnte den Satz nicht beenden, denn das Boot legte sich plötzlich auf die Seite. Aus dem Nichts war eine riesige Welle angekommen, die uns seitlich traf und eimerweise Wasser über die Reling spülte. Ich krachte an die Tür des Steuerhauses und flog fast aufs Deck hinaus, als das Boot scharf zurückkippte. Die nächste Welle ragte schon auf und kam auf uns zu, wieder volle Breitseite. Was war denn plötzlich los?

Das Meer war vor ein paar Sekunden noch ruhig wie ein Dorfteich gewesen. Ganz unvermutet hatte es sich in einen tobenden Strudel berghoher Wogen verwandelt. Der Himmel war schwarz geworden, und der Regen kam so dicht, dass wir kaum etwas sehen konnten. Er strömte an der Fensterscheibe herunter, die schon ganz beschlagen war.

»Was ist denn da los?«, schrie Sal durch den Lärm von Regen und Brechern.

»Keine Ahnung!«, schrie ich zurück und packte ebenfalls das Steuerrad, um ihr zu helfen, eine Wende zu machen, damit uns die nächste Woge nicht wieder von der Seite traf. Die schienen jetzt aus allen Richtungen zu kommen, aber die Breitseiten waren die schlimmsten. »Ein Wirbelsturm? Vielleicht ist er gleich wieder vorbei.«

Ich warf einen Blick auf den Kompass, um mich zu orientieren, und entdeckte etwas sehr Seltsames. Der Pfeil drehte sich wild im Kreis und zeigte mal hierhin, mal dorthin.

»Sal – der Kompass.«

Sal sah hin. »Was macht er nur?«, stieß sie durch das Getöse der Wogen hervor.

»Keine Ahnung. Halte einfach die Richtung, dann kommen wir hoffentlich bald zur anderen Seite von Luffsand.«

»Wenn wir ein bisschen näher rankommen, wird die See vielleicht etwas ruhiger«, sagte Sal. »Ich muss die Richtung ändern. Halt dich fest.«

Ich hielt mich fest, und Sal drehte das Boot nach links. Dadurch näherten wir uns den Wellen in einem Winkel, der sicherer wirkte. Das Boot hörte auf, sich wild von einer Seite zur anderen zu neigen, und ich fürchtete nicht mehr, dass wir jeden Moment kentern könnten. Wir erklommen Wellenberge, die zweimal höher waren als das Boot, und rutschten auf der anderen Seite wieder hinunter, wobei wir jedes Mal die Luft anhielten – aber immerhin hatten wir aufgehört, wie ein Rodeopferd zu bocken.

Auch der Regen schien nachgelassen zu haben, und ich ging hinaus, um die Scheibe abzuwischen und mich umzusehen.

»Sal, schau mal!«, rief ich und deutete nach links. »Luffsand! Wir sind fast da!« Wir näherten uns dem Dorf von Osten her. »Halt auf den Hafen zu!«

Das einzige Problem dabei war nur, dass wir wieder parallel zu den Wellen fahren mussten, und die waren sogar noch höher, nachdem wir auf dieser Seite der Insel waren – die Seite, die dem Meer zugewandt war, nicht dem Festland. Ich hielt mich fest, weil das Boot stieg und fiel und schaukelte und mit jeder Welle ein Wasserfall über die Bordwand strömte.

»Hier!«, rief Sal mir zu. Sie streckte mir Peters Jacke hin. »Zieh sie an. Sonst wirst du ganz nass.«

Endlich kam der Hafen wieder in Sicht. Oder genauer gesagt, er tauchte auf und verschwand wieder mit dem Steigen und Sinken der Wellen. Immer mal wieder verschwand die Insel völlig, während uns die Dünung zum Hafen trug, indem sie uns hochhob und in dunkle Wellentäler stürzen ließ.

Mit zusammengepressten Lippen steuerte uns Sal auf den Hafen zu. Doch auf einmal stellten wir fest – es gab gar keinen Hafen! Zumindest keinen, in dessen schützende Mauern wir einfahren konnten.

Die äußere Hafenmauer war schon fast weggebrochen, und nachdem wir näher gekommen waren, konnten wir sehen, dass die Flut so hoch angestiegen war, dass es keine Molen zum Anlegen gab. Die Hafenmauer selbst war viel niedriger als die in Porthaven – das anschwellende Wasser überspülte sie!

»Was machen wir?«, fragte ich. »Wie können wir das Boot nah genug ans Ufer bringen, damit wir aussteigen können?«

Sal ließ den Blick genau wie ich über die Hafenanlage gleiten. Es gab absolut nichts, das hoch genug aus dem

Wasser ragte, um festmachen zu können. Ich rechnete mir zumindest keine Chancen dafür aus. Der Seegang war so heftig, dass uns die Wellen gegen die Überreste der Mauer geworfen und das Boot zerstört hätten.

Sal schüttelte den Kopf. »Wir können rein in den Hafen, aber wir können nirgends anlegen – nicht ohne völlig zerschmettert zu werden.«

»Genau«, sagte ich und die Hoffnung, die ich vorhin verspürt hatte, ließ nach. Kurz darauf sank sie noch schneller. Der Regen wurde schwächer, so dass ich über den Hafen hinaus ins Dorf blicken konnte.

»Sal«, sagte ich krächzend, »schau mal!«

Die Schutzmauer zwischen Dorf und Hafen war völlig zerstört. Schutt und Trümmer lagen verstreut im Wasser. Das Meer hatte riesige Krater in den Strand davor gewaschen.

Die unterste Reihe der Häuser war so gut wie zusammengefallen. Es waren sieben Katen, aber alle hatten keine Dächer mehr. Zwei hatten gähnende Löcher statt Fenstern und standen so schief, als stemmten sie sich dagegen, ganz ins Meer abzurutschen, obwohl sie wussten, dass es sinnlos war. Von den anderen fünfen, die etwas weiter unten standen als der Rest, war nur der erste Stock sichtbar. Die Erdgeschosse standen bereits im Wasser.

Ich versuchte ruhig zu atmen. War diese ganze Zerstörung erst jetzt eben passiert? Wie konnte das möglich sein? Der Sturm hatte gerade erst begonnen. Er hatte doch gar nicht lange genug gedauert, so viel Unheil anzurichten?

Dees Haus. Wo war es? Ich versuchte mich zu erinnern, ob sie mir seine Lage beschrieben hatte.

Langsam steuerte Sal das Boot immer näher ans Ufer. Jetzt, wo wir innerhalb der Hafenmauern waren, wurde das Meer ruhiger. Wir schaukelten noch immer heftig auf den Wellen, aber sie hoben uns nicht mehr mit solcher Wucht und stürzten uns nicht mehr in so tiefe Täler.

Ich ließ den Blick über die Häuser gleiten und suchte nach etwas Vertrautem aus Dees Beschreibung. Suchte nach Lebenszeichen.

Und dann entdeckte ich mehrere Häuser, die mir aus Dees Tagebuch bekannt vorkamen: eine Dreiergruppe, die auf einem etwas höheren Stück Land stand als die vordere Reihe. Sie befand sich zwar einigermaßen in der Nähe, aber bei den Chancen, dorthin zu gelangen, hätten sie auch gut eine Meile weit weg sein können.

Alle drei Häuser standen bis zum ersten Stock im Wasser, und bei allen dreien waren die oberen Fenster herausgedrückt worden. Die ersten beiden Häuser hatten keine Dächer mehr, das dritte zumindest noch Reste davon.

Halt mal! Auf dem Dach war jemand – und winkte und rief!

Ich rieb mir die salzige Gischt aus den Augen und merkte, dass es nicht nur eine Person war, sondern zwei.

Und eine davon war Peter.

Ich konnte einen langen Anleger erkennen, der vom nördlichen Ende der Hafenanlagen ins Meer ragte. Das Dumme war nur, dass er fast ganz überspült war. Ab und zu, wenn sich eine Welle zurückzog, konnten wir das Ende eines Pollers aus dem Wasser ragen sehen, der jedoch nicht hoch genug war, um daran festzumachen. Wir hätten riskiert, dass unser Boot von der Brandung verschlungen wurde.

Am Strand – oder was zumindest wohl mal ein Strand gewesen war – konnten wir auch nicht anlegen. Alles war voller Trümmer und Steinbrocken, und die ganze Zeit stürzten weitere Teile der vorderen Häuser herab. Es war zu gefährlich, das überhaupt zu versuchen.

Es gab schlicht keinen Weg, näher heranzukommen.

»Wie sollen wir zu ihnen gelangen?«, fragte Sal voller Panik.

»Keine Ahnung!« Ich suchte die ganze Uferlinie ab, konnte aber nichts entdecken, das uns weiterhalf. Ich wedelte mit den Armen in der Luft herum, um ihnen zu signalisieren, dass wir sie gesehen hatten, und ließ Peter und das Mädchen, das wahrscheinlich Dee war, nicht aus den Augen.

Sie winkten zurück.

»Sal, wir müssen sie retten«, sagte ich heiser.

»Ich weiß.«

Sal steuerte uns so nahe an die Hafenmauer, wie sie konnte, ließ sich mit der Brandung immer ein kleines Stückchen näher an das Ufer tragen, aber mit genug Abstand von der Mauer, um nicht dagegengeworfen zu werden. Dann hielt sie die Position, so gut es ging. Sie hatte recht gehabt. Sie konnte wirklich sehr gut steuern.

»Besser als so kriege ich es nicht hin«, sagte sie. Wir waren immer noch ein gutes Stück von dem versunkenen Anleger entfernt. »Es ist einfach nicht sicher, näher heranzufahren.«

Ich winkte Peter zu. Dann legte ich die Hände um den Mund und schrie, so laut ich konnte: »Könnt ihr runterkommen?«

Peter schüttelte den Kopf.

»Sie haben mich gehört!«, rief ich Sal zu. Sie streckte den Daumen hoch und hielt das Steuer fest, um nicht ans felsige Ufer getrieben zu werden.

»Können nicht runter vom Dach!«, rief Peter. »Die

Balken im ersten Stock sind eingestürzt. Erdgeschoss total überflutet.«

»Wie seid ihr denn da raufgekommen?«, rief ich.

»Schornstein!«

Sie waren durch den Schornstein geklettert?

»Bin von einer Riesenwelle vom Boot geschleudert worden. Hab versucht zurückzuklettern, Boot ist aber abgetrieben. Dachte, es sei untergegangen!«

»Wir haben es gefunden!«, schrie ich und ärgerte mich gleich, weil das ja wohl offensichtlich war. Wir waren ja drin in dem Boot! »Seid ihr in Ordnung?«, rief ich.

»Mehr oder weniger. Erst saßen wir stundenlang drinnen fest. Ich glaube, die Rettungsleute waren hier – alle anderen sind geholt worden!«

Rettungsleute? Wenn sie rausgefahren waren, wieso hatten wir dann gar nichts davon mitbekommen?

»Mia, hilf uns!«, rief Peter. Er klang so verzweifelt – es brach mir das Herz und verlieh mir gleichzeitig Stärke. Wir *mussten* sie da rausholen.

»Wir retten euch!«, brüllte ich zurück. »Das schaffen wir. Geduldet euch nur.«

»Dees Mutter – sie ist drinnen! Steckt unter einem Balken fest. Wir können sie nicht rausholen.«

Ich starrte zu Peter hinüber und versuchte mir vorzustellen, wie sich Dee wohl fühlte. Sie hatte noch kein

Wort gesagt. Sie klammerte sich mit beiden Händen an das Dach ihres Hauses und konnte kaum aufblicken. Ihr Gesicht war weiß wie die Schaumkronen der sich brechenden Wellen um uns.

»Mia – beeilt euch! Bitte!«, brüllte Peter.

Ich schluckte schwer. Was sollte ich sagen? »Wir holen euch alle raus«, brachte ich schließlich hervor.

Gerade wollte ich mich abwenden, da fiel mir etwas ein. Die Nachricht – die er doch wahrscheinlich für uns hinterlassen hatte.

»Wir haben das Päckchen.«

»Was für ein Päckchen?«

»Den Kompass. Aus dem *Schiffland*. Warum hast du ihn für mich hinterlegt? Wann warst du dort?«

Peter schüttelte den Kopf. »Ich weiß nicht, wovon du redest!«

»Von dem –« Ich unterbrach mich. Das war ja im Moment wohl kaum das Wichtigste, und meine Stimme war heiser geworden von der Ruferei. »Spielt keine Rolle«, brüllte ich. »Haltet durch!«

Dann ging ich zurück ins Steuerhaus, um nach Sal zu sehen. Ihr Gesicht war so weiß wie das von Dee. Ihre Hände, die das Steuer so fest wie möglich umklammerten, waren sogar noch blutleerer.

»Übernimmst du das Steuer mal kurz?« Sie drehte sich nach mir um. »Ich muss mit Peter reden.«

»Na klar!«

»Du musst nichts machen«, fuhr sie fort. »Nur die Position halten. Pass auf, dass wir nicht näher ranfahren. Meinst du, dass du das schaffst?«

Ich nickte. »Aber mach schnell.«

Sie rannte nach draußen und legte das Steuerrad – und unser Leben – in meine Hände.

»Wir müssen zurück und Hilfe holen«, sagte ich, als Sal wieder hereinkam. Zum Glück übernahm sie sofort wieder das Steuer. »Wir fahren zurück nach Porthaven und schicken die Männer von der Lebensrettung her. Die kommen, sobald wir ihnen erzählt haben, was passiert ist. Wir schaffen das einfach nicht allein.«

»Du hast recht«, stimmte Sal mir zu. »Selbst wenn wir das Boot ans Ufer kriegen würden, wie sollten wir sie aus dem Haus schaffen?«

»Komm, fahren wir los. Es ist unsere einzige Möglichkeit.«

Sal zögerte. »Ich weiß«, sagte sie. »Es ist nur … Ich halte es nicht aus, sie hier zurückzulassen, wo sie in der Falle sitzen.«

Ich legte ihr die Hand auf den Arm. »Ich schätze mal, es dauert eine Stunde, mehr nicht, bis das Boot der Lebensretter hier ist«, sagte ich. »So lange halten Peter und Dee wohl durch. Eine Stunde – das schaffen sie.«

Sal nickte. »Na, dann nichts wie weg.«

Ich ging noch mal hinaus. »Wir können nicht näher rankommen«, brüllte ich. »Wir holen das Rettungsboot. Haltet durch. Wir sind zurück, ehe ihr es richtig merkt.«

»Danke!«, rief Peter. Und damit wendete Sal das Boot, und wir nahmen Kurs auf das offene Meer und die berghohen Wellen. Beim Gedanken daran, wieder hindurchzumüssen, hob und senkte sich mein Magen wie der Seegang. Aber uns blieb keine Wahl.

Vorsichtig steuerte uns Sal aus dem Hafen. »Ich fahre ein Stück weiter raus, ehe ich beidrehe, damit wir nicht an die Felsen geworfen werden«, sagte sie.

Also fuhren wir weiter hinaus aufs Meer, hinaus auf dem Rodeopferd-Rücken des Ozeans, der uns hochwarf und fallen ließ wie ein Riese, der mit einem Spielzeugboot spielte und bei jeder Woge dröhnte, als sei der Himmel die größte Basstrommel der Welt. Und dann wendete Sal das Boot, und wir fuhren wieder an der Seite der Insel entlang. Die Wellenberge waren noch steiler als zuvor. Das Deck war voll wie ein Schwimmbecken.

Ich glaube, ich hörte zu atmen auf. Ich war schon kurz davor, mich von dieser Welt zu verabschieden. Diesen Sturm konnten wir doch einfach nicht überleben.

»Sal! Vorsicht!«, schrie ich, als wir einen dieser Wellenberge erklommen. Ein riesiger Fels ragte nicht weit vor uns auf. Sal steuerte das Boot abrupt nach links, haarscharf an dem Felsen vorbei.

Während sie wendete, pfiff ein Windstoß auf uns zu, packte das Boot von hinten, hob uns hoch auf die Wellen und –

Und hörte auf. Alles hörte auf. Der Sturm, die hohen Wellenberge, alles.

Gerade waren wir noch durch den dichteste Regen, die brodelnde See, riesige Wellenberge und -täler gefahren. Und plötzlich beruhigte sich das Meer, der Regen hörte auf, der Wind erstarb. Sogar die Sonne schien hell auf das Wasser, so dass es im Licht glitzerte und funkelte.

Wir waren von totaler Stille und Ruhe umgeben. Die einzige Bewegung machte die Nadel im Kompass, die sich wie wild drehte.

Sal und ich sahen uns an. »Was zum Teufel ist denn da los?«, fragte sie mich.

»Keine Ahnung. Kann sich das Wetter so schnell so komplett ändern?« Das konnte doch nicht sein. Es war *unmöglich*. Was war also geschehen?

Sal zuckte die Schultern. »Ich weiß auch nicht. Aber selbst wenn es auf Luffsand auch plötzlich still ist, sitzen Peter und Dee immer noch auf dem Dach eines Hauses fest, das halbvoll mit Wasser ist.«

»Und Dees Mutter steckt immer noch unter einem Balken.«

Sal drehte den Motor auf volle Geschwindigkeit. »Los«, sagte sie, »lass uns das Rettungsboot holen.«

Vera

Sie wusste nicht, wie lange sie es noch aushalten würde. Irgendwas würde demnächst brechen. Was würde es sein? Der Balken? Das Dach? Ihre Beine?

Um sie herum ächzte das Haus und ließ ihr mit jedem Geräusch einen scharfen Schrecken durch den Leib fahren.

Was war das?

Sie drehte gerade noch rechtzeitig den Kopf nach rechts, um zu sehen, wie wieder ein Stück der Decke nachgab und schließlich unter dem Gewicht des Wassers einbrach, das sich in den See ergoss, der sie umgab. Und da durchzuckte sie ein Gedanke, der erschreckendste bisher. Was war, wenn der Wasserspiegel über ihren Kopf stieg, ehe sie sich unter dem Balken losreißen konnte?

Sie wollte nicht ertrinken. Nicht hier, in ihrem eigenen Haus. Nicht, nachdem ihr Mann sie erzürnt verlassen hatte, ehe sie eine letzte Gelegenheit hatte, sein Gesicht zu sehen.

»Ich will nicht sterben«, dachte sie. Doch dann durchfuhr sie ein zweiter Gedanke so rasch wie der erste. »Aber ich würde mein Leben hingeben, um meine Tochter zu retten.«

Diane, dort oben auf dem Dach mit einem Jungen, die

Hilfe zu holen versuchten. Sie glaubte gerade Rufe gehört zu haben, aber vielleicht war es auch nur das Kreischen der Möwen und das Pfeifen des Windes gewesen oder das Dröhnen der Wellen, das durch ihr zerstörtes Haus drang.

Woher war der Junge gekommen? Er war genau im falschen Moment gelandet, von einer Welle an Land gespült, die ihn wortwörtlich vor ihrer Tür ausgespuckt hatte. Für ihn der falsche Moment, für sie jedoch der richtige. Als das Erdgeschoss innerhalb kürzester Zeit überflutet wurde, hatte er sie ergriffen und die Treppe hinaufgezogen. Und als der Balken eingestürzt war, hatte er Diane gepackt und sie in Sicherheit gebracht. Der Balken war auf Dianes Kopf zugestürzt. Wenn er nicht da gewesen wäre ... ach, das durfte sie sich gar nicht ausmalen.

Danach war alles so schnell passiert. Alle drei im Haus eingeschlossen, das tiefe Grollen der See, die auf ihr Haus einschlug. Umhüllt von Staubschleiern und Gips, als die Decke einbrach. Sie mussten alle ohnmächtig gewesen sein – aber wie lange? Und dann die Stille, in der sie aufwachten und nacheinander zu sich kamen und sahen, was passiert war. Jene stummen Stunden der Ohnmacht – hatten sie das Ende von ihnen allen bedeutet?

Waren die Rettungsleute in dieser Zeit da gewesen und wieder verschwunden? Und wie lange hatte das überhaupt gedauert? Nur Momente? Stunden? Wenn die Helfer genau in dieser Zeit eingetroffen waren und keine Geräusche ver-

nommen hatten, hatten sie das Haus natürlich für leer gehalten und geglaubt, die Bewohner wären in Sicherheit.
Und was weiter? Würden die Helfer zurückkommen?
Wie lange würden sie noch durchhalten?
Sie hatte bereits jegliches Gefühl in den Beinen verloren. Was würde sie als Nächstes verlieren?

12

Wir machten das Boot an einem Haltering in der Bucht neben dem Hafen fest. Wir hätten es wahrscheinlich auch in den Hafen steuern können, aber wir wollten keine Aufmerksamkeit auf uns ziehen – oder auf die Tatsache, dass wir in einem fremden Boot auftauchten, das wir ohne Erlaubnis entwendet hatten.

Kaum erstarb der Motor, versteckte ich den Schlüssel unter der Sitzbank, und wir kletterten hinaus und liefen zur Rettungsstation.

Als wir zur Tür hereinplatzten, sahen wir zwei Männer, die an einem Tisch Karten spielten. Sie sahen so entspannt aus, als wüssten sie gar nicht, was nur wenige Kilometer vor der Küste los war. Vielleicht war das schon längst vergessen, und sie dachten, inzwischen seien alle in Sicherheit. Aber sie täuschten sich!

Einer der Männer wandte sich uns zu und lächelte. »Hallo, Mädels. Ihr wollt euch wohl mal das Boot ansehen, ja?« Er war klein und rundlich, hatte sonnengebleichte blonde Haare und blaue Augen, die vergnügt blinzelten.

Sal und ich sahen uns an. Das Boot ansehen? Verstanden sie nicht? Wussten sie denn nichts?

Ich fasste mich als Erste. »Es ist wegen Luffsand«, sagte ich. »Es sind immer noch Leute dort; sie sind vergessen worden.«

Der Mann sah seinen Kumpel an. Der war dünner und kahlköpfig und hatte ein gerötetes Gesicht. Er beugte sich über den Tisch und sah mich mit zusammengekniffenen Augen an. »Wer ist vergessen worden?«, fragte er. »Vergessen? Wann und von wem?«

»Gestern!«, sagte Sal.

Wieder wechselten die Männer einen Blick. »Gestern?«, fragte der Kleine. »Was soll gestern gewesen sein?«

»Wie können Sie das nicht wissen?«, kreischte ich. »Bitte – Sie müssen ihnen zu Hilfe kommen. Sie sitzen oben auf einem Haus fest.«

»In dem auf der Landzunge am abgewandten Teil des Dorfes«, setzte Sal hinzu.

Die Männer erhoben sich aus ihren Stühlen. »Sie müssen die alte Ruine meinen, Stan«, sagte der Größere. »Da treiben sich wohl mal wieder Kinder herum.«

»Nicht nur Kinder. Auf dem Dach sind ein Junge und ein Mädchen, aber die Mutter des Mädchens sitzt im Inneren fest.«

»Im Inneren von was?«, fragte der kleinere Mann – Stan.

»Von dem Haus!« Was war denn mit denen los? Oder sprach ich in fremden Zungen, ohne es zu merken?

»Bitte«, sagte Sal. »Sie müssen schnell kommen.«

»Wenn ihr das nur erfindet ...«, sagte der Größere.

»Natürlich nicht!«, stieß ich hervor.

»Sieh dir ihre Gesichter an, Dave«, sagte Stan. »Die armen Dinger sind ja ganz fertig. Die haben das nicht erfunden.« Dann sah er mich genauer an. »Halt mal, dich hab ich doch schon mal gesehen. Deine Großeltern haben doch den Pub, nicht?«

»Ja, ich bin hier im Urlaub.« Nicht gerade die ganze Wahrheit, aber von unseren Familienproblemen brauchten sie ja nicht auch noch was zu wissen.

»Und du würdest deiner Familie ja keine Sorgen machen wollen, indem du hier Geschichten erfindest, oder?«, fragte Dave.

»Wir erfinden nichts«, beharrte ich. »Bitte, Sie müssen zu Hilfe kommen.«

»Diese verdammten Kids, die immer auf den Mauern herumtoben. Wie oft haben wir sie schon gewarnt?«, brummte Dave, schnappte sich eine riesige Öljacke und einen Schlüsselbund. »Komm, Stan, wir nehmen das Küstenboot; das liegt doch schon im Hafen.«

Die Männer waren schon halb aus der Tür, da rannte ich hinterher. »Wir müssen aber mitkommen«, sagte ich. »Wir müssen Ihnen doch zeigen, wo sie sind.«

Dave drehte sich um. »Geht leider nicht«, sagte er. »Wir dürfen euch ohne Genehmigung in keinem der Porthaven-Boote mitnehmen. Eine Bestimmung, auf der die Gemeindeverwaltung mit allem Nachdruck besteht, seit wir hier Ferienkurse anbieten.«

»Ich hab eine Genehmigung!«, stieß Sal hervor. Sie kramte in ihrer Jackentasche und zog ein Stück Papier hervor. »Da, bitte!«

Dave besah es sich. »Stimmt wirklich«, sagte er.

Ich starrte Sal an.

»Wir haben alle eine gebraucht für den Kurs«, erklärte sie. »Ich hatte sie seitdem die ganze Woche in meiner Tasche.«

Nun war ich dran.

»Warte mal kurz«, sagte Stan und kehrte nochmals in das Gebäude zurück. »Wir haben doch die ganzen Genehmigungen für den Tag der offenen Tür der Lebensrettungsstation. Der findet morgen statt. Vielleicht ist da eine für dich dabei.« Er nahm eine Schachtel von einem Brett und kramte darin herum.

Ich sah ihm eine Weile zu. »Da ist keine drin«, sagte ich unglücklich. »Ich habe mich nicht für den Tag der offenen Tür angemeldet. Ich wusste nicht mal, dass es einen Tag der off-«

»Ich hab sie!« Stan zog ein Stück Papier aus der Schachtel. »Du hast sehr wohl eine Genehmigung!«

»Was? Wie kann das sein? Von wem?«

Stan wedelte das Stück Papier vor mir herum. »Sieh mal«, sagte er und deutete auf eine schwungvolle Unterschrift. *P. Robinson*. Mein Großvater! Ich warf einen Blick auf das Datum. Vor einer Woche. Er hatte unterschrieben, ehe er verschwunden war!

Stan lachte, weil ich das Stück Papier so entgeistert anstarrte. »Sollte dich nicht zu sehr überraschen«, sagte er. »Es stand letzte Woche was in der Zeitung und informierte die Leute über den Tag der offenen Tür. Er hat es bestimmt extra gemacht, damit du teilnehmen kannst. Wollte dich wohl überraschen.«

Die Sache war die, dass es sich genau um die Art von Überraschung handelte, die typisch war für Grandad; etwas Besonderes vorzubereiten, ohne mir was davon zu sagen. Die Vorstellung, dass er diese Fahrt auf einem Rettungsboot als Überraschung für mich organisiert hatte, machte mir sein Verschwinden noch zwanzigmal schmerzlicher, als es schon war. Nur, dass mir plötzlich etwas auffiel – wir waren ja nur hier, weil er verschwunden war. Hatte er geplant, uns in letzter Minute nach Porthaven einzuladen? Um ehrlich zu sein, neben all den anderen unbeantworteten Fragen war diese nicht bedeutend genug, um mich weiter zu beschäftigen. Wichtig war nur, dass uns die Rettungsmänner nach Luffsand mitnehmen konnten.

»Also. Kommt ihr?«, fragte Stan.

Ich schüttelte mich und versuchte, die ganzen Gedanken an Grandad aus dem Kopf zu verbannen. Im Augenblick waren Peter und Dee vorrangig.

»Wir kommen«, sagten Sal und ich wie mit einer Stimme – auch wenn mein Magen einen kleinen Salto rückwärts machte, als wir den Männern folgten. Würde ich es wirklich durchstehen, nochmals rauszufahren?

Doch dann dachte ich an Peter und Dee dort auf dem Dach, die außer sich waren vor Angst. Sie brauchten uns. Und überhaupt, das Meer hatte sich auf dem Rückweg ja wieder beruhigt. Es würde doch jetzt bestimmt nicht wieder schlimmer werden.

Ich warf Sal einen Blick zu, während wir uns zum Hafen aufmachten. Sie hatte die Zähne fest zusammengebissen und die Hände zu Fäusten geballt. Offensichtlich behagte es ihr genauso wenig wie mir, noch mal hinauszufahren.

Auf halber Strecke zur Insel fragte ich mich, warum der Motor des Rettungsbootes so laut klopfte. Dann stellte ich fest, dass es nicht der Motor war, es war mein Herz. Wir waren dort, wo vorhin der Sturm losgebrochen war.

Ich hielt den Atem an und wartete. Nichts geschah. Die See blieb so glatt wie ein Dorfteich. Ich atmete erleichtert weiter. Doch als wir der Insel näher kamen und auf die andere Seite zutuckerten, sah ich etwas anderes. Etwas noch Schlimmeres, als auf See in einen Sturm zu geraten, falls das überhaupt möglich war.

Sal sah so verblüfft aus wie ich und drehte sich zu mir um. »Das ... das Dorf ...«, flüsterte sie.

»Stimmt«, wisperte ich zurück.

Die beiden Männer schwatzten miteinander, während wir uns der Insel näherten. Keiner von ihnen schien bemerkt zu haben, dass etwas nicht stimmte. Wie konnte es ihnen entgangen sein?

Das Dorf Luffsand war verschwunden.

»Wo ... wo ist es geblieben?«, fragte Sal.

Die Männer redeten ungerührt weiter, während mich Sal mit aschfahlem Gesicht anstarrte.

»Sal, korrigiere mich, falls ich mich irre, okay?«, sagte ich zu ihr. Sal nickte. »Okay, wir waren doch vor einer Stunde hier. Es hat gestürmt, und wir konnten nicht in den Hafen einfahren. Aber wir sind nahe genug gekommen und haben das Dorf gesehen. Vorne am Wasser standen ein paar Häuser, die fast ganz eingefallen waren, und bei ein paar der anderen waren die Fenster kaputt oder die Dächer. Bei den meisten stand das Wasser bis zum ersten Stock. Das haben wir doch gesehen, nicht?«

Sal nickte. »Aber die Häuser waren eindeutig da«, setzte sie hinzu. Sie deutete auf die Küste, die von Moos, Schutt, Möwen und Nestern bedeckt war. Eine Küstenlinie, die genau wie vorhin aussah – nur mit einem Unterschied.

Alle Häuser waren fort.

Ich versuchte mich daran zu erinnern, was Mum mir mal darüber gesagt hatte, wie man sich mit einer Atemtechnik beruhigt, wenn man merkt, dass man in Panik gerät. Das probierte ich jetzt aus.

Es funktionierte nicht. Ich schnappte nach Luft und versuchte meine Gedanken zu ordnen. Was ich wusste, war möglich, und was ich mit eigenen Augen sah, passte nicht dazu. So einfach war das.

»Geht's euch gut, Mädels?«, fragte Stan. »Die Stelle habt ihr doch gemeint, oder?«

Ich nickte nur, denn ich vertraute nicht darauf, etwas Vernünftiges von mir zu geben, wenn ich redete.

»Wo waren eure Freunde?«, fragte Dave.

Sal deutete auf die Stelle, wo wir Peter und Dee gesehen hatten. Ich blickte hinüber. Vorhin waren sie auf dem Dach eines Hauses gewesen, das teilweise unter Wasser stand. Es war eines der drei Häuser auf dem Felsvorsprung gewesen. Jetzt war dasselbe Stück Land nur noch ein Viertel so groß. Die Anhöhe sah einfach wie ein ausladender Felsen aus, der über das Meer hinausragte – und zwei der drei Häuser waren komplett verschwunden.

»Da drüben«, sagte Sal. Sie deutete auf eine Mauer. Die Giebelwand eines Hauses. Das war alles, was noch stand. Als wir uns dem Dorf seitlich näherten, konnten wir direkt daraufblicken. Sie sah wie eine Bühnenkulisse aus – nicht wie eine echte Hauswand. Die beiden Erdgeschossfenster waren mit Brettern zugenagelt. Die beiden oberen waren gähnende Löcher. Sie sahen wie riesige Augen aus, weit aufgerissen, aber starr ins Leere blickend.

Der Schornstein ragte aus dem First, auf dem Peter und Dee über den Dachschrägen gekauert und sich dort festgeklammert hatten, wo jetzt nur noch eine zerklüftete moosbedeckte Mauer stand.

»Okay, wir legen an, und dann suchen wir nach euren Freunden«, sagte Dave. Er steuerte das Boot auf einen flachen Felsen zu, der ins Meer hinausragte und kaum breiter war als ein Mauervorsprung, aber immerhin breit genug, um daraufzuklettern, einer nach dem anderen. Knapp über dem Wasser befand sich sogar ein Ring zum Vertäuen. Stan zog ein Tau durch und sprang vom Boot.

»Vorsicht beim Aussteigen«, sagte er und streckte die Hand aus, um Sal und mir hinüberzuhelfen.

Nachdem wir das Boot hinter uns gelassen hatten, stieg ich von dem Felsvorsprung über einen Geröllweg auf den flachen Boden darüber.

Sal war hinter mir. »Ist das hier wirklich?«, flüsterte sie.

»Keine Ahnung. Ich verstehe gar nichts. Besteht die Chance, dass wir beide träumen?«

Die beiden Männer waren jetzt bei uns. »Also, wollt ihr euch nach euren Freunden umsehen?«, fragte Stan. »Kontrollieren, ob sie noch da sind?«

Ich starrte ihn an. Wovon redete er? *Natürlich* waren sie noch da! Was glaubte er denn, wo sie sein sollten? Sich hinter einer Mauer verstecken, um uns an der Nase herumzuführen?

Ich sagte nichts. Wie konnten wir den Männern klarmachen, was geschehen war, ohne Gefahr zu laufen, dass sie uns zum nächsten Krankenhaus schleppten, um uns auf unseren Geisteszustand untersuchen zu lassen?

Sal stieß mich an. »Super. Vielen Dank«, sagte sie zu den Männern.

»Dave und ich suchen die gefährlichen felsigen Teile ab. Ihr Mädels haltet euch an die Wege«, sagte Stan. »Die sind einigermaßen sicher. Der Rest ist es nicht. Und nicht auf den Ruinen rumklettern.«

Sal streckte den Daumen hoch und grinste sie scheinheilig an, dann packte sie meinen Arm und zog mich beiseite.

»Komm schon, Mia, tu ganz normal!«, zischte sie. »Sonst glauben sie, dass wir komplett gaga sind!«

»Vielleicht sind wir ja gaga. Das ist doch so *unwirklich*.«

»Ich weiß«, sagte Sal. »Aber denk doch mal nach. Wenn nur eine von uns sie gesehen hätte, dann wäre es vielleicht Einbildung gewesen. Aber so war es nicht. Wir haben es doch beide gesehen, nicht?«

Ihr Blick sagte mir, dass das keine Feststellung war; sie stellte mir wirklich eine Frage. Wollte sich versichern, dass ich das Gleiche gesehen hatte wie sie. Dass hier im Zeitraum von ungefähr einer Stunde aus einem windumtosten, aber intakten Dorf ein Ödland geworden war, das mehr oder weniger aus Trümmern bestand. Und dass das Haus, auf dem sich Peter und Dee festgeklammert hatten, eine Mauer auf einem Felsvorsprung geworden war, der über das spiegelglatte Meer ragte.

»Ja«, sagte ich schließlich. »Wir beide haben es gesehen.«

Sal stieß schwer den Atem aus. »Okay. Na, wenigstens eine gute Sache«, sagte sie. »Wir können ja nicht beide verrückt sein. Aber was beweist das? Und wie bringt es uns bei der Suche nach Peter und Dee weiter?«

Ich trat nach einem Steinhaufen und versuchte zu überlegen. »Keine Ahnung«, gab ich zu. »Aber ich finde nicht, dass wir Dave und Stan die Wahrheit sagen sollten. Zum einen, weil sie uns niemals glauben.«

»Und zum anderen halten sie uns für zwei Gören, die Unfug treiben und sich das alles ausgedacht haben«, fügte Sal hinzu.

»Genau.«

»Und was machen wir nun?«, fragte sie.

»Wir sehen uns überall um und versuchen, Hinweise zu finden, irgendwas, das uns hilft, schlau aus der Lage zu werden.«

»Okay«, sagte sie, und wir machten uns auf zu dem, was von Dees Haus am Ende des Dorfes übrig war.

Fast wie auf Zehenspitzen ging ich durch die Stille dieser verlassenen und eingestürzten Ruine. Ich kam mir vor wie jemand aus einem Fernsehfilm über einsame Überlebende einer Apokalypse. Keine Spur von menschlichem Leben.

So eine Stille hatte ich noch nie erlebt. Ich meine nicht einfach das Fehlen von Geräuschen. Es war, als sei die Stille selbst Teil der Umgebung, dröhnender, als ein Geräusch sein konnte.

Der Boden unter meinen Füßen war elastisch von Moos und Gras; ich federte fast beim Gehen. Zu beiden Seiten des federnden Weges lagen Unmengen von Schutt und Steinen. Unter uns schwappte das Wasser sanft an die Felsen. Gelegentlich hörte man ein leises Grollen in der Stille, wenn eine größere Welle in den Hohlraum unter einem ausladenden Felsen schlug, der ins Meer hinausragte. Er war von unten ausgehöhlt, als ob das Meer zugelangt und sich einen Bissen geholt hätte.

Ich folgte dem Weg zurück zur Klippe, die sich hinter uns erhob, und landete wieder an einer Mauer. Diese hier war nach und nach eingestürzt. Sie sah wie eine Treppe aus, auf der man Stufe um Stufe von oben nach unten steigen konnte. In der Mauer war ein Loch, das einmal eine Tür gewesen sein musste. Ich lief um die Mauer herum und schaute durch die Lücke. Das weite Meer starrte mich stumm an.

Ich ging weiter.

Vor der Mauer streckte ein einsames Schneeglöckchen den Kopf aus dem Geröll. Verblüht, grauweiß und herabhängend, baumelten die geschlossenen Knospen schlaff herab, welk und vergessen, wie alles rundum.

Etwas weiter scheuchte ich eine Gruppe kreischender Möwen auf. Sie flatterten hoch, als ich näher kam, und ließen sich in einiger Entfernung wieder nieder.

Die Vögel waren eindeutig die einzigen Bewohner dieser Gegend. Was für Geschichten hätten sie erzählt, wenn sie gekonnt hätten? Was hatten sie gesehen? Und wann hatten sie etwas gesehen? War der Sturm wirklich gestern gewesen, oder war hier etwas vollkommen Unerklärliches – etwas, das ich nicht mal in Worte fassen konnte – geschehen?

Ich wünschte, die Möwen hätten mir etwas sagen können.

»Mia!«, brach Sal in meinen Tagtraum.

Ich drehte mich um. »Was ist?«

Sie deutete auf den Boden ein Stück vor mir, und ich zog die Luft ein. Der Weg endete urplötzlich, und ein klappriger Zaun verwehrte uns den Durchgang. Hinter dem Zaun gähnte ein Abgrund im Felsen. Aus einer größeren Entfernung hatte man ihn nicht sehen können, aber wenn wir noch ein paar Schritte weitergegangen wären, hätten wir glatt über die Felskante treten und in das Loch stürzen können, in dem das Meer ganz, ganz tief unten sanft herumplätscherte.

Ich stieß den Atem wieder aus. »Ich werd verrückt!«, hauchte ich, denn etwas Intelligenteres fiel mir dazu nicht ein.

Sal trat neben mich. »Wie kommen wir zu dem Haus?«, fragte sie.

Die Mauer, der einzige Überrest von Dees Haus, befand sich auf der anderen Seite des Abgrunds – und es gab keine Möglichkeit, hinüberzugelangen.

»Geht nicht.«

»Aber –«

»Sal, was brächte es denn? Sie sind nicht hier. Das *Haus* ist praktisch nicht mehr hier, und wir können von hier ganz hindurchsehen – durch diese riesigen gähnenden Löcher in der Wand. Es ist leer! Es ist ausgestorben und verlassen wie die ganze Gegend.«

Ich merkte, wie meine Stimme lauter wurde. Ich holte Luft und setzte etwas leiser hinzu: »Sal, hier ist keiner. Und um genauer zu sein, hier war seit *Jahren* keiner mehr.«

»Aber das ergibt doch keinen Sinn«, sagte Sal trotzig.

»Ich weiß. Aber es ist so. Sieh dich doch mal um. Der Ort ist vollkommen herrenlos, kaputt und verlassen.«

Ich drehte mich einmal herum, um die Umgebung erneut zu betrachten und mich davon zu überzeugen, dass sie wirklich so war, wie sie aussah. Da bemerkte ich etwas, das mir den Atem stocken ließ, ganz drüben am Rand der Landzunge, nicht weit von unserem Standpunkt. Ich ging hinüber, um es mir genauer anzusehen.

Es war eine zerbröckelnde niedrige Mauer, wie die anderen Mauern um uns herum, aber mit einem Unterschied: Sie war rosa. Ein ganz verblasstes Rosa, aber man konnte die Farbe deutlich erkennen, die sich von dem ganzen Grau abhob. Die Mauer reichte mir ungefähr bis ans Knie und war möglicherweise mal die hintere Ecke eines Wohnhauses gewesen.

Ich erinnerte mich daran, dass Dee von einer Familie geschrieben hatte, der das Haus gehört hatte. An ihre Namen konnte ich mich nicht erinnern, aber ich erinnerte noch ihre Worte. Das Paar, das hier wohnte, hatte das Haus rosa gestrichen, weil ihre kleine Tochter darauf bestanden hatte.

Die Mauer war vor langer Zeit rosa gestrichen worden.

Wo war die Familie jetzt? Was war mit ihnen passiert? Was war mit all dem hier passiert? Wie war das alles möglich?

Mir wurde schwer ums Herz, und ich wusste nicht, wie viel ich noch ertragen konnte.

»Sal, lass uns zurückgehen«, sagte ich.

Sie nickte nur stumm. Da wurde mir klar, wie viel schwerer es für sie sein musste. Vor einer Stunde waren wir voller Hoffnung gewesen, dass wir ihren Bruder nach Hause bringen würden; jetzt waren wir ratloser als je zuvor.

»Wir finden ihn schon«, sagte ich, als wir weitergingen, und legte ihr die Hand auf den Arm. »Wir bringen ihn heim.«

Sal nickte nur und schluckte. Wir sprachen kein Wort mehr, bis wir zu dem Rettungsboot kamen.

13

Die Männer warteten schon auf uns. »Nun, wollt ihr uns jetzt mal die Wahrheit über eure Freunde erzählen?«, fragte Dave. »Die waren doch gar nicht wirklich hier, stimmt's?«

Wir erwiderten nichts. Wie konnten wir auch? Wir konnten nichts sagen, was vernünftig klang – oder was uns die Männer glauben würden.

»Ihr wisst doch, dass wir ein Notrettungsdienst sind, oder?«, sagte Stan, während wir an Bord kletterten und Dave den Motor anließ.

»Wie meinen Sie das?«, fragte ich.

»Ich meine, es ist wahrscheinlich das Beste, wenn ihr unsere Zeit nie wieder verschwendet.«

Ich sah in sein Gesicht, um festzustellen, ob er böse war, aber er hatte sich abgewandt, um einen Fender über die Bordwand nach innen zu ziehen.

»Diesmal werden wir die Sache nicht melden«, fuhr er fort, als wir von der Insel forttuckerten. »Aber wenn ihr wieder mal Lust auf eine Bootsfahrt habt, dann fragt ihr lieber einen der Fischer, ob er euch mitnimmt. Was, wenn in der Zwischenzeit ein echter Notfall gemeldet wurde, während wir mit euch beiden auf Vergnügungsfahrt waren?«

»Vergnügungsfahrt?«, stieß ich hervor. »Sie glauben, wir sind zum *Vergnügen* hergekommen?«

Stan zuckte die Schultern. »Okay, um ehrlich zu sein, ich kann nicht behaupten, dass eine von euch wirklich vergnügt aussieht. Dann sagt mal, um was es wirklich ging?«

Ich wollte gerade zu einer Antwort ansetzen, doch vorher fing ich einen Blick von Sal auf. Sie schüttelte kurz den Kopf: *Sag es ihnen nicht.*

»Es tut mir echt leid«, sagte ich. »Es war keine Vergnügungsfahrt, und wir wollten Sie nicht hintergehen. Aber wir haben uns getäuscht. Wir dachten, unsere Freunde seien da drüben, aber wir waren noch nicht selbst dort gewesen, wie wir behauptet haben.«

»Wir dachten, wenn wir sagen würden, dass wir dort waren und sie gesehen haben, dann würden Sie uns eher rüberfahren«, setzte Sal hinzu.

Stan sah uns an und musterte unsere Gesichter – wahrscheinlich um einzuschätzen, ob wir logen. Ich weiß nicht, was er entdeckte, aber was immer es war, er fuhr mit sanfterer Stimme fort: »Na gut. Wie schon gesagt, ihr seid nicht in Schwierigkeiten.«

Nein, aber Peter und Dee stecken noch drin.

»Seid das nächste Mal einfach ehrlich, okay?«

»Okay. Tut uns leid«, sagte ich wieder.

»Geht und sucht nach euren Freunden, wo sie wohnen. Wahrscheinlich findet ihr raus, dass sie gesund und munter daheim angekommen sind«, sagte Stan abschließend.

»Wahrscheinlich«, erwiderte ich steif.

Die restliche Fahrt verlief ruhig und ereignislos. Schon bald fuhr Dave in den Hafen ein, und Stan stand auf, um die Taue bereitzuhalten.

»Dann geht mal los und seht nach euren Freunden. Und noch einen schönen Tag«, sagte er. »Keine Lügenmärchen mehr, okay?«

»Keine Lügenmärchen mehr«, wiederholte ich.

»Entschuldigung«, fügte Sal hinzu.

»Schon gut. Brave Mädels.« Stan schlang das Tau um einen Poller und streckte uns die Hand hin, um uns von Boot zu helfen. »Dann mal Abmarsch. Und versucht, ein bisschen fröhlicher zu gucken. Porthaven ist nicht der schlimmste Ort der Welt für einen Urlaub, denkt dran.«

Wir stiegen aus dem Boot und überließen es Dave und Stan, sich um den Motor und die Taue zu kümmern. Wir sagten kein Wort, bis wir außer Hörweite waren. Dann blieb Sal stehen und sah mich an.

»Und nun, was machen wir jetzt?«, fragte sie.

»Wollte ich dich auch gerade fragen. Findest du, wir sollten zum Pub zurückgehen?«

Sie schüttelte den Kopf. »Das halte ich nicht aus. Was sollen wir sagen? *Hey, wir haben Peter gesehen. Er hat sich mitten in einem schrecklichen Sturm an das Dach von einem überfluteten Haus geklammert. Dann haben wir das Rettungsboot alarmiert, um ihn zu holen, und ratet mal, was? Er war nicht mehr da! Und das Haus auch nicht. Genauso wenig wie das Dorf.* Das würde doch gut kommen, meinst du nicht auch?«

»Genau. Wir können es deinen Eltern nicht sagen. Wir können es *keinem* sagen. Die halten uns doch für verrückt.«

»Oder glauben, dass wir das nur erfunden haben, genau wie die Rettungsmänner.«

»Eben. Und um ehrlich zu sein, wer könnte es ihnen vorwerfen?«, setzte ich hinzu. »Wenn ich so was hören würde, würde ich auch denken, dass es entweder erfunden ist oder dass derjenige nicht ganz richtig tickt, ganz sicher.«

»Gut, aber was machen wir nun?«, fragte Sal.

Ich überlegte einen Augenblick. »Wir müssen rausfinden, was da los ist«, sagte ich. Das war ja wohl offensichtlich, aber was konnten wir *sonst* machen?

»Finde ich auch. Nur wie?«

Ich zuckte die Schultern. »Normalerweise würde ich

sagen, dass wir mal alles Mögliche im Internet nachsehen – aber das geht nicht.«

»Warum nicht?«

Ich breitete die Arme aus, um ganz Porthaven einzuschließen. »Dieser Ort«, sagte ich. »Ich kenne keine Stelle hier, wo man ein Netz hat.«

Sal starrte mich an. »Ich schon«, sagte sie. »Komm.« Und schon eilte sie voraus.

Ich lief ihr schnell nach. »Wo gehen wir hin?«, fragte ich.

Sal antwortete, ohne mich anzusehen. »Unsere Ferienwohnung. Da gibt's einen PC mit WLAN. Deshalb hat Dad die Wohnung ausgewählt – er ist internetsüchtig. Er glaubt, dass der Himmel einstürzt, wenn er nicht mindestens zwanzigmal am Tag online geht.«

»Genial!« Ein funktionierendes Internet! Ich konnte es kaum fassen. Ich würde zum ersten Mal seit einer Woche ins einundzwanzigste Jahrhundert zurückkehren.

Sal blieb plötzlich unvermittelt stehen. »Was ist, wenn meine Eltern dort sind?«, fragte sie.

Ich überlegte kurz. »Wir fragen sie, ob wir den Computer benutzen dürfen, aber wir sagen nicht, wofür«, schlug ich vor.

»Und was sagen wir dann?«

»Nur, dass du gekommen bist, um deine Sachen zu

packen, und ich bin dabei, um dir zu helfen, und will nebenher im Internet einen Songtext nachgucken oder so.«

»Okay«, stimmte mir Sal zu. »Sie haben ihre Sachen wahrscheinlich längst gepackt und sind inzwischen sowieso schon wieder im Pub.«

»Hast du denn einen Schlüssel?«, fragte ich, als wir da waren.

»Braucht man nicht. Die Tür hat einen Nummerncode.«

Während Sal die Ziffern eingab, überlegte ich halbherzig, was wir da eigentlich vorhatten. Was genau sollten wir denn online nachgucken? Und was würde dabei rauskommen? Peter würde ja nicht spurlos verschwunden sein und dann eine E-Mail schicken und schreiben, wo wir ihn finden könnten!

Ich wischte die Vorbehalte fort. Wenigstens unternahmen wir *etwas*. Kein besonders erfolgversprechender Plan, aber der einzige, den wir hatten.

Ich zog einen Stuhl neben den von Sal und sah zu, wie der Bildschirm aufflimmerte. Ihre Eltern waren da gewesen und wieder gegangen, und die Wohnung war leer bis auf Sals Zimmer. Die meisten ihrer Sachen waren in einem kleinen Koffer, der offen auf dem Bett stand, obenauf eine Nachricht.

Wir haben deine Sachen fast fertig gepackt. Komm rüber in den Pub, sobald du so weit bist.
Liebe Grüße, Mum & Dad

Endlich war der Computer hochgefahren und funktionierte. Er summte leise, während wir uns überlegten, was genau wir eintippen sollten.

Sals Finger schwebten über der Tastatur. Sie sah mich an.

»Warum schaust du nicht, ob es eine Station der Küstenwache für diese Gegend gibt?«, schlug ich vor. »Vielleicht haben sie eine Liste mit den Leuten, die sie gerettet haben.«

Sie rief eine Suchmaschine auf und tippte *Porthaven Küstenwache* ein.

Wir scrollten uns ungefähr fünf Minuten durch allen möglichen Fachjargon, bis wir sie fanden – eine Liste der letzten Ereignisse, die in der Gegend stattgefunden hatten. Ich hielt den Atem an, während die Seite geladen wurde.

»Nichts«, sagte Sal.

Ich las alles durch, was auf dem Bildschirm erschien. Der letzte Eintrag war von vor einer Woche.

Sal starrte den Computer an. »Was nun?«

»Schau dir mal den Wetterbericht an«, schlug ich vor. »Sieh nach, ob was über den plötzlichen Sturm drinsteht.«

»Gute Idee.«

Sal tippte, und wir versuchten es mit ein paar Wetterseiten. Wieder konnten wir nichts Nützliches finden. Keine Sturmmeldungen seit über einem Monat.

»Warum steht nichts davon drin?«, fragte Sal.

»Keine Ahnung. Vielleicht zu kurzfristig?«

»Zu kurzfristig? Aber ist das nicht der Sinn des Internets? Du kannst die Dinge in der Sekunde, in der sie passieren, nachlesen.«

»Ich weiß, ich versteh's ja auch nicht«, sagte ich. Und auf einmal hatte ich eine Idee, nach was wir suchen könnten. Es war ganz naheliegend. So naheliegend, dass wir es total übersehen hatten; oder einfach zu viel Angst hatten, was wir finden würden, wenn wir das versuchten. So oder so, es war das Einzige, das mir einfiel und das uns eine Antwort liefern konnte.

»Sal.«

Sie sah mich an.

Ich nickte zur Tastatur. »Schreib mal *Luffsand* rein.«

In einer Zeile am oberen Ende der Seite stand, dass es 451.623 Einträge zu Luffsand gab. Darunter war die Seite gefüllt mit Links zu Unmengen von Websites.

»Wo fangen wir an?«, fragte Sal.

Ich zuckte die Schultern. »Mit dem ersten?«

Sie klickte den obersten Link an. Der führte uns auf eine Seite des Naturbundes mit einer Menge Daten über die Vogelwelt der Insel.

Sal ging zurück zur Suchmaschine und versuchte es mit dem nächsten Link. Es dauerte eine Ewigkeit, bis die Seite geöffnet wurde. Als sie endlich erschien, war sie leer bis auf eine kleine schwarze Textzeile ganz oben: »Link nicht gefunden. Fehler 5201.«

»So was Blödes«, sagte Sal und ließ sich in ihrem Stuhl zurückfallen. »Das bringt gar nichts.«

Ich beugte mich herüber und griff nach der Maus. »Lass uns mal das versuchen.« Ich scrollte bis ans Ende der Seite und drückte auf den letzten Link.

»Das ist ein Zeitungsartikel«, sagte ich, als die Seite geladen wurde.

»Und schau mal«, sagte Sal. »Er hat das Datum von heute. Endlich haben wir was.« Sie drückte auf ein Feld, um das Fenster zu vergrößern, und gemeinsam lasen wir den Artikel.

Luffsand wurde gestern von einem der schwersten Stürme der Geschichte heimgesucht.

Das Dorf, in dem siebenundsechzig Familien leben, wurde zerstört von einem Zusammentreffen heftigster nordöstlicher Stürme, die je gemessen wurden, und der höchsten Sturmflut des Jahres.

Sieben Häuser wurden komplett zerstört. Bei vielen anderen gingen die Dächer, Fenster und ganze Stockwerke zu Bruch. Meteorologen sagen für die kommenden Tage sogar noch schlimmere Stürme voraus. Wenn sie genauso katastrophal mit dem Hochwasserstand zusammenfallen wie der gestrige Sturm, könnten noch schlimmere Folgen entstehen.

Nigel Cannister von der örtlichen Küstenwachstation sagte: »Wir sind zu drei Such- und Rettungsfahrten ausgerückt und glauben, alle Bewohner gerettet zu haben. Die Bedingungen, unter denen unsere Leute arbeiten mussten, waren außergewöhnlich schwierig, und die gestrige Rettungsaktion musste abgebrochen werden, als ein ganzes Stück Land ins Meer wegbrach. Wir fahren erneut aus, sobald es sicher genug ist, um absolut gewiss zu sein, dass niemand zurückgelassen worden ist.«

Mr Cannister fuhr fort: »Wir empfehlen, dass niemand den Versuch unternimmt, zu der Insel zurückzukehren, bis wir dazu die Entwarnung gegeben haben. Leider erwarten wir nicht, dass dies in nächster Zukunft möglich ist. Wenn die Meteorologen recht behalten, befürchten wir, dass das gesamte Dorf das gleiche Schicksal erleidet wie die Häuser der vordersten Reihe. Mit anderen Worten: Ende der Woche wird es vielleicht kein Dorf mehr geben, in das man zurückkehren kann.«

Hier endete der Artikel. Darunter war ein Foto. Es war klein und ziemlich unscharf, aber man konnte eindeutig erkennen, was es war – Luffsand, vom Meer aus aufgenommen. Das Luffsand, das wir heute Morgen gesehen hatten, als wir das erste Mal dort gewesen waren. Das Luffsand, auf dem Dees Haus noch stand. Als noch ungefähr fünfzig Häuser standen.

Sal und ich starrten den Bildschirm an.

»Versteh ich nicht«, sagte Sal. »Der Artikel ist von heute. Es heißt, der Sturm war gestern.«

»Was bedeutet, dass das, was wir gesehen haben, als wir allein rübergefahren sind, *wirklich da war*«, sagte ich.

»Genau. Warum kann dann keiner was darüber sagen? Und wie kommt es, dass alles so total verändert war, als wir das zweite Mal dort waren?«

Ich scrollte die Seite durch. Am unteren Rand des Zeitungsartikels war noch eine Textzeile, aber sie war zu klein zum Lesen.

Sal vergrößerte sie, und wir lasen beide, was da stand.

»Das ist der Grund«, sagte ich. Dann sah ich sie an und sie sah mich an. Uns fehlten beiden die Worte.

Der Artikel hatte tatsächlich das heutige Datum: 23. Februar. Aber einen kleinen Unterschied gab es.

Es war der 23. Februar – vor fünfzig Jahren.

14

Ich weiß nicht, wie lange ich auf das Datum starrte. Ich weiß auch nicht, warum ich so lange draufstarrte. Erwartete ich etwa, das es umsprang? Sich plötzlich in etwas verwandelte, das einen Sinn ergab?

Sal unterbrach meine Gedanken. »Schau mal«, sagte sie. »Darunter ist noch ein Artikel.«

Dieser war vom späten März im selben Jahr.

Mit dem Versuch, zu retten, was von ihren ehemaligen Wohnstätten übrig war, suchten die ehemaligen Bewohner von Luffsand gestern die Ruinen ihres Dorfes auf.

Die neunundsiebzig Häuser wurden alle während der schweren Stürme vor beinahe vier Wochen zerstört. Wie durch ein Wunder kamen Menschen nicht zu Schaden, aber um ihre Existenzen, die ruiniert sind, wiederaufzubauen, werden sie Jahre brauchen.

Der Besuch war der erste, den die Bewohner unternehmen konnten. Er fand statt, nachdem die örtliche Küstenwache endlich Entwarnung gegeben hatte. Nach Erdrutschen und Einstürzen von Häusern und Felsen, die wochenlang anhielten, darf Luffsand inzwischen wieder als sicher angesehen werden und kann aufgesucht werden – wenn auch nur unter der strengen Aufsicht der Küstenwache.

Die Bewohner ergriffen die Gelegenheit, in ihre ehemaligen Wohnstätten zurückzukehren und die Überreste zu durchsuchen, in der Hoffnung, ihr persönliches Hab und Gut zu retten, das nicht fortgespült wurde von den Sturmfluten, die auf die Orkane des vergangenen Monats folgten.

Wer dem Spendenaufruf der Bewohner von Luffsand nachkommen will, sollte sich mit unserer Zeitung in Verbindung setzen.

Unter dem Artikel war wieder ein Foto. Sal klickte es an, um es zu vergrößern.

Als Erstes fiel mir auf, dass es total anders aussah als das Foto unter dem ersten Artikel. Auf jenem war Luffsand so gewesen, wie wir es heute Morgen gesehen hatten, als wir mit Peter und Dee hin- und herriefen. Das hier war das Luffsand, das wir eine Stunde später mit den Männern vom Rettungsboot gesehen hatten. Kein Stein mehr auf dem anderen. Dees Haus nichts als eine Mauer am Rande des Felsvorsprungs, der sich so resolut ins Meer schob.

Zwei Fotos mit einem Zeitabstand von einem Monat –

wir hingegen hatten beide Ansichten innerhalb eines Vormittags gesehen.

Das war aber nicht das Erschreckendste auf dem Bild. Um genau zu sein, es war eine Bagatelle im Vergleich zu dem, was ich jetzt entdeckte.

Auf dem Foto waren ungefähr zwanzig Leute zu sehen. Die meisten befanden sich im Hintergrund, bückten sich und stöberten in den Ruinen ihrer ehemaligen Häuser. Im Vordergrund kauerten sechs Leute beieinander und blickten in die Kamera. Der Fotograf hatte sie offensichtlich nicht aufgefordert zu lächeln. Sie machten bedrückte und gequälte Gesichter. An einem Ende der Gruppe lehnte sich eine Frau mit Krücken mit dem ganzen Gewicht an einen Jungen, der neben ihr stand.

Ich starrte den Jungen an. Dann überprüfte ich das Datum am Kopf der Zeitungsseite. Sie war eindeutig fünfzig Jahre alt. Und das war *eindeutig* unmöglich.

»Der Junge ...«, sagte ich, war jedoch nicht in der Lage weiterzusprechen.

Das war nicht nötig. Auch Sal starrte das Bild an. »Ich weiß, was du meinst«, sagte sie. »Das kann nicht sein.«

Aber so war es. Der Junge, der jämmerlich in die Kamera blickte – auf einem Foto, das vor fünfzig Jahren aufgenommen worden war – war Peter.

»Mia, ich muss hier raus«, stieß Sal atemlos aus. Sie sah aus, als hätte sie einen Geist gesehen – wortwörtlich. Vielleicht war das ja so.

»Ich auch«, sagte ich. »Pack deine Sachen zusammen, dann hauen wir ab.«

Ich fuhr den Computer herunter, während Sal ihre Sachen zusammenpackte. Dann verließen wir die Wohnung und gingen an der Seepromenade entlang.

Zuerst schwiegen wir. Es gab keine vernünftigen Worte für die ganzen Dinge, die heute passiert waren. Und keiner von uns war in der Lage, auch nur an etwas anderes zu denken nach all den Dingen, die wir gesehen hatten, daher blieb uns nur Schweigen.

»Mia, können wir uns hier ein bisschen hinsetzen?«, sagte Sal, als wir an einer Bank vorbeikamen, die den Hafen überblickte. »Ich bringe es noch nicht über mich, jemanden zu sehen.«

Wir setzten uns und blickten aufs Meer hinaus, auf das ruhige Wasser und die Boote, die sanft im Hafen schaukelten. Befanden wir uns im wirklichen Leben? Oder in einer Art Traum? Ich überlegte, wann ich eingeschlafen sein konnte. Das war die Erklärung, die der Sache am nächsten kam – doch dann holte mich Sal in die Gegenwart zurück.

»Ich finde, wir sollten es unseren Familien sagen«, meinte sie.

»Ja«, stimmte ich zu.

»Die halten uns bestimmt für verrückt«, setzte sie hinzu.

»Genau. Vielleicht sind wir das auch. Es ist jedenfalls die beste Erklärung, die mir bisher eingefallen ist.«

Sal versuchte zu lächeln.

»Aber wir sollten es ihnen so oder so erzählen«, fuhr ich fort. »Ob wir nun den Verstand verlieren oder ob etwas unglaublich Abartiges im Gange ist, ich glaube, wir brauchen Hilfe dabei. Wir schaffen das nicht mehr alleine.«

»Stimmt«, bestätigte Sal. »Dann erzählen wir ihnen also alles?«

Ich nickte. »Alles.«

»Und wenn sie uns nicht glauben?«

»Wenn sie uns nicht glauben, haben wir nichts verloren. Aber dann sind wir es wenigstens los. Sie haben mehr Erfahrung als wir. Sie haben vielleicht ein paar Ideen, was da los ist.«

»Das bezweifle ich«, sagte Sal leise. »Ich glaube nicht, dass es *irgendeine* Erklärung dafür gibt, was hier läuft.«

»Du hast wahrscheinlich recht«, murmelte ich.

»Aber was es auch ist, es wächst uns über den Kopf«, sagte sie.

»Genau.«

Wir standen auf, um zu gehen, und machten uns in

Richtung Pub auf. Dabei stieß ich unversehens mit einem Mann zusammen, der auf uns zukam.

»Entschuldigung«, sagte ich automatisch.

Er blieb stehen und sah mich an. Seine Kleidung war schmutzig. Sein Blick war richtungslos und wirr. Wahrscheinlich betrunken. Dann stierte er meine Jacke an. Ich trug immer noch das gelbe Ding von Peter, das wir in dem Boot gefunden hatten.

»So eine hab ich auch«, sagte er und deutete auf die Jacke. Na super. Ein Betrunkener, der es interessant fand, dass er auch so eine Jacke hatte. Genau das, was wir jetzt brauchen konnten. »Wenn auch nicht so schick wie die da.«

»Ist ja toll«, sagte ich und lächelte ihn mit einem *Danke-für-die-Auskunft-aber-wir-haben-gerade-gar-keine-Zeit-Lächeln* an.

»Hab sie auf meinem Boot gelassen«, gab er noch zum Besten.

Ich konnte es nicht genau ausmachen, was es war, aber etwas an seinen Worten rief ein unangenehmes Gefühl hervor, das mir über den Rücken lief.

Dieses Gefühl verstärkte sich um ein Vielfaches bei seinen nächsten Worten.

»Hab das Boot allerdings verloren, versteht ihr?«, sagte er. »Zusammen mit meinem Verstand, wie es scheint. Hab letzte Nacht in einem Verschlag geschlafen. Keiner wollte mich nach Hause fahren. Haben mich angeglotzt, als ob ich verrückt sei, als ich gesagt habe, wo ich wohne. Und ausgelacht haben sie mich, als ich sagte, dass sich mein Boot in Luft aufgelöst hat. Aber es stimmt. Seltsam, aber verdammt nochmal wahr.«

Ich starrte ihn an. So wie er redete, klang er wie wir!

Der Mann entfernte sich. »Na ja, bis irgendwann mal«, sagte er.

»Warten Sie!«, rief ich, ehe ich es runterschlucken konnte.

»Was hast du vor?«, zischte Sal. »Der ist doch noch verrückter als *wir*! Und dazu noch betrunken!«

»Das glaube ich nicht«, flüsterte ich zurück. »Hab etwas Geduld, okay?«

Der Mann machte eine schwungvolle Drehung. Dabei blitzte etwas im V-Ausschnitt seines Pullovers auf. Eine Kette. *Mit einem Anker-Anhänger.* Das Ding, das Dees Vater immer trug, wenn er zum Fischen fuhr!

Ich hatte recht – er war nicht betrunken! Ich schluckte heftig, holte Luft und sagte: »Ich glaube, wir könnten Ihr Boot entdeckt haben.«

»Was?«, sagte der Mann.

»*Was*?«, sagte Sal.

»Es liegt in der ersten Bucht, gleich hier um die Ecke«, fuhr ich fort. »An einem Ring festgemacht. Der Schlüssel liegt an der üblichen Stelle.«

Der Mann trat einen Schritt näher und starrte mir in die Augen. »Willst du mich auf den Arm nehmen, junge Dame?«

Ich schüttelte wild den Kopf. Ich hatte nicht vor, den Versuch zu machen, das zu erklären. Dann würde er *endgültig* denken, ich würde ihn auf den Arm nehmen. »Echt, ich sage die Wahrheit«, versicherte ich. »Gehen Sie hin.«

Der Mann sah mich noch einen Moment an, dann nickte er. »Na gut«, sagte er, »ich gehe.« Dann drehte er sich um und ging.

»Warten Sie!«, rief ich noch mal. Ich zog Dees Tagebuch aus meiner Tasche und wandte mich an Sal. »Hast du mal einen Stift?«

Sie kramte in ihrer Tasche und zog einen Kuli heraus. »Ich weiß nicht, was du –«, fing sie an.

Ich unterbrach sie. »Erklär ich dir später.« *Wenn ich kann*, setzte ich stumm hinzu. Dann schrieb ich eine kurze Notiz.

Dee, es tut mir leid, dass wir uns nicht treffen konnten.
Eines Tages schaffen wir es – hoffe ich. Pass gut auf dich auf.
Alles Liebe von deiner Freundin
Mia xx

Ich klappte das Tagebuch zu und streckte es dem Mann hin. »Hier, nehmen Sie das mit«, sagte ich.

Er sah das Buch an, dann nahm er es. Und dann machte er sich ohne ein weiteres Wort zu der Bucht auf, wo wir das Boot gelassen hatten, und wir nahmen den Weg zum Pub.

Als wir am Pub ankamen, stellte ich fest, dass ich zitterte.

»Was sollen wir ihnen sagen?«, flüsterte Sal.

»Die Wahrheit, so wie wir es vereinbart haben«, sagte ich und hoffte, dass sie das Zittern in meiner Stimme nicht hörte. »Wir erzählen ihnen alles.«

Ich stieß die Tür auf, und wir schlichen uns hinein. Der Gastraum war fast leer. An der Theke saßen drei Männer vor ihrem Bier und unterhielten sich mit rauen Stimmen. An einem Tisch am Fenster saß ein Paar bei Tee und Kuchen. Wie konnten sie so ruhig rumsitzen, während die Welt draußen umgekrempelt und auf den Kopf gestellt war?

Der Pub wirkte so normal. Plötzlich wurde mir klar, wie schrecklich ich im Vergleich dazu aussehen musste.

Ich hatte immer noch Peters viel zu große Öljacke an, und meine Haare standen in alle Richtungen. Am Morgen hatte ich sie zu einem Pferdeschwanz zusammengebunden, aber der Sturm hatte die Hälfte rausgezerrt, und seither waren sie so geblieben. Sie wieder in Ordnung zu bringen war mein geringstes Problem gewesen. Sal sah auch ziemlich zerzaust aus.

»Am besten, wir richten uns ein bisschen her«, sagte ich zu ihr. »Komm mit rauf, dann suchen wir nach den anderen.«

Sal folgte mir, doch wir waren erst halb durch den Gastraum, als die Tür hinter der Theke aufging und Grandma hereinkam.

Zuerst sah sie uns nicht. Sie blickte hinter sich und rief etwas über die Schulter, während sie durch die Schwingtür kam. Dann nickte sie den Männern zu und nahm dem einen das Bierglas ab, das er ihr entgegenhielt. Sie trat an den Zapfhahn am Ende der Theke.

Und dann glitt ihr Blick in unsere Richtung, und sie blieb wie angewurzelt stehen.

Als sie so zu uns herüberstarrte, trafen sich unsere Blicke, und mir wurde zum ersten Mal überhaupt bewusst, dass sie alt aussah. Ihre Haut an den Wangen hing schlaff herunter. Ihre Augen waren dunkel und hohl. Ihr Hals war von kleinen Fältchen überzogen.

Und zu allem war ihr Gesicht auf einmal aschfahl geworden.

Sie stellte das Glas, das sie dem Fischer abgenommen

hatte, auf die Theke, ohne den Blick von mir zu nehmen. Dann schlug sie die Klappe am Ende der Theke hoch und kam auf uns zu.

Den Blick immer noch starr auf mich gerichtet, durchquerte sie den Gastraum und blieb vor mir stehen. Ihre Augen schimmerten feucht. Was war nur los?

Grandma legte die Hand auf meinen Arm und befühlte die Jacke, die ich immer noch anhatte. Sie berührte sie, als sei es das erste Mal, dass sie so eine Fischerjacke sah. Dann fuhr sie mir über die verfilzten, durchnässten Haare, strich mir eine Strähne zurück, die mir an der Stirn klebte und sagte mit einer Stimme, die belegt war vor Bewegung: »Du warst es.«

Wovon redete sie? *Was* war ich? Hatte ich was angestellt? Wusste sie, dass wir das Boot entwendet hatten?

Ehe ich nach einer Antwort suchen konnte, fuhr sie fort. »Nicht wahr? Habe ich recht? Sag mir, dass du es warst«, sagte sie. »Oder bin ich schon so alt, so verzweifelt und so durcheinander, dass ich den Verstand verliere?«

Ich hatte keine Ahnung, wovon sie redete. Vielleicht verlor sie wirklich den Verstand. Ich wusste, dass Leuten unter Stress so etwas passieren konnte, und Grandma hatte die letzte Woche über ja wirklich Stress gehabt.

»Grandma, ich weiß nicht –«, begann ich.

Sie legte eine Hand über meine Lippen. »Warte!«, sagte sie. »Sag nichts weiter.«

Dann machte sie kehrt und ging. Sie stieß die Tür hinter der Theke auf, rief Mum zu: »Vertritt mich mal kurz an der Bar, Liebes, ja?«, und rannte nach oben.

Ich sah Sal an.

»Was zum Teufel war das denn?«, fragte sie.

»Ich habe keinen blassen Schimmer.«

»Meinst du, ihr hat jemand erzählt, dass wir das Boot genommen haben? Sie wird uns doch nicht verpetzen oder so was?«

»Auf keinen Fall. So was würde Grandma nicht machen.«

Aber wenn sie nicht nach oben gegangen war, um bei der Polizei anzurufen und zu melden, dass ihre Enkelin ohne Erlaubnis ein Boot genommen hatte, was machte sie dann? Und was hatte sie gemeint? Warum hatte sie mich so merkwürdig angesehen? So wie sie mich und die Jacke angestarrt und mein Haar berührt hatte – das war nicht normal. Um genau zu sein, es war so *unnormal*, dass alles andere warten konnte.

»Hör mal, kannst du ein bisschen hierbleiben?«, fragte ich Sal. »Ich muss rausfinden, was los ist.«

Damit ließ ich Sal im Gastraum zurück, drängte mich an Mum vorbei, die gerade hereinkam, und rannte nach oben, um Grandma zur Rede zu stellen.

Ich klopfte an ihre Zimmertür. »Grandma?« Keine Antwort. Ich stieß die Tür auf. »Grandma? Bist du hier drin?«, rief ich und sah mich um. Ihr Zimmer war leer.

Dann hörte ich ein Geräusch von oben aus Grandads Arbeitszimmer. Was machte sie denn dort?

Ich rannte die Stiege hoch. Sie kniete auf dem Boden und blickte nicht mal auf, als ich hereinkam. Sie stöberte so tief in einer Kiste, dass sie praktisch den Kopf darin hatte.

»Grandma?«

»Sekunde.« Sie kramte weiter in der Kiste, ohne aufzublicken. »Es ist hier irgendwo, ich weiß es«, murmelte sie, hob einen Stapel Bücher und Papiere heraus, legte sie neben sich auf den Boden und stöberte noch tiefer.

Und dann hielt sie inne. Sie nahm einen kleinen Pappkarton heraus und sah mich an. »Gefunden«, sagte sie.

Dann sah sie mich endlich an. »Es war die Jacke«, sagte sie und beantwortete die Frage, die ich nicht laut gestellt hatte. »Ich habe sie wiedererkannt. Und deine Haare. Du siehst genauso aus.«

»Genauso wie was?«, fragte ich.

»Dein Gesicht konnte ich nicht sehen. Nicht durch den heftigen Regen.« Sie lachte leise und starrte in die Ferne, als ob sie sah, wie ihre eigenen Erinnerungen vor ihr abliefen. »Was wäre passiert, wenn ich es gesehen hätte?« Dann wandte sie sich mir wieder zu. »Aber das Bild war in mein Gedächtnis gebrannt, als habe es dort jemand eingeritzt. Die wilden, nassen Haare. Die Jacke.« Sie brach ab und schüttelte den Kopf. »Hier«, sagte sie. Sie nahm den Deckel des Kartons ab und hielt ihn mir hin.

In der Schachtel lag weißliches Seidenpapier. Ich betrachtete die Schachtel und das Seidenpapier und fragte mich kurz, was wohl darunter war. Was war so bedeutend, dass Grandma so eilig heraufgekommen war, um danach zu suchen? Was hatte es mit dieser Schachtel auf sich, dass Grandmas Augen auf unerklärliche Weise funkelten, wie ich es noch nie erlebt hatte? Und warum zitterte ihr Hand so, als sie mir die Schachtel zuschob?

Als ich sie ergriff, versank das Zimmer. Es war, als gäbe es nichts auf der Welt außer und beiden. Auf einmal hatte ich Angst.

»Was ist das?«, fragte ich.

Grandma sah mich fest an. »Sieh doch nach«, sagte sie leise.

Ich zog das Seidenpapier weg. Als ich sah, was darunter lag, ließ ich die Schachtel beinahe fallen.

Es war Dees Tagebuch.

15

Ich streckte Grandma die Schachtel hin und schob sie ihr in die Hände, als hätte ich mir die Finger daran verbrannt. »Das ist unmöglich!«, sagte ich.

Es *konnte* einfach nicht sein. Ich hatte es doch gerade erst aus der Hand gegeben! Vor einer Viertelstunde!

Grandma nahm die Schachtel und holte das Buch heraus. Vielleicht war es ja eine Kopie. Eine zufällige Ähnlichkeit. Vielleicht …

»Lies den letzten Eintrag«, sagte Grandma und reichte mir das Buch.

Ich schlug es auf. Als ich es bis zum Ende durchgeblättert hatte, sah ich meine Handschrift. Meine Worte. Die Worte, die ich vor kurzem geschrieben hatte, ehe ich das Buch Dees Vater gegeben hatte. Aber jetzt war die Schrift verblasst, als sei der Eintrag uralt.

Das Zimmer begann sich zu drehen.

Ich hielt mich an dem Stuhl vor Grandads Schreibtisch fest und setzte mich und hatte das Gefühl, so leblos zu sein wie der Stuhl selbst.

»Die Seite danach«, sagte Grandma.

Ich blätterte um und sah die Schrift, die mir während der letzten Woche fast so vertraut geworden war wie meine eigene.

Dees Schrift.

Oje, ich merke gerade, dass es über einen Monat her ist, seit ich das letzte Mal geschrieben habe. Nun ja, ist ja klar, dass ich in letzter Zeit kaum in der Lage war, Tagebuch zu führen. In meinem Leben sind eine Unmenge bedeutenderer Dinge passiert, als meine ausschweifenden Gedanken und Gefühle auf Papier zu bringen.

Dinge wie Überleben.

Ehrlich, in den ersten beiden Tagen dachte ich wirklich, dass unsere Zeit um wäre. Wenn ich jetzt darüber nachdenke, kann ich kaum glauben, was wir alles durchgemacht haben. So viele Stunden klammerten wir uns am Dach eines Hauses fest, das nicht mal mehr einen Tag hatte, bis es ganz zusammenbrach. Wenn Vater nicht rechtzeitig zurückgekommen wäre. Wenn er kein so erfahrener Schiffer gewesen wäre und nicht von der kleinen Bucht am Rande des Hafens gewusst hätte, wo wir das Boot noch festmachen konnten ...

Aber er schaffte es. Das ist das einzig Wichtige. Das und die Tatsache, dass Mutter überlebt hat. Gestern haben uns die Ärzte mitgeteilt, dass sie mit höchster Wahrscheinlichkeit nie mehr ohne Hilfe gehen kann. Sie hat ein tapferes Lächeln aufgesetzt, wie sie es immer tut, und gesagt, sie sei so froh, überhaupt

davongekommen zu sein. Ich muss zugeben, dass ich einige Stunden befürchtet hatte, dass nicht einmal das möglich wäre, daher verstehe ich, was sie meint. Dennoch ...
Nein. Schluss damit. Ich werde mir kein Selbstmitleid gestatten. Nie wieder. Jetzt muss ich die Starke sein. Vater ist ein gebrochener Mann, so scheint es. Sein geliebtes Heim ist vom Meer verschlungen worden. Das Boot, mit dem er seinen Lebensunterhalt verdient hat, steht zum Verkauf, denn er kann sich nicht mehr überwinden, darin hinauszufahren. Und meine Mutter kann nie mehr gehen – und vielleicht auch nie mehr lachen.
Jetzt bin ich diejenige, die sich um unsere Familie kümmern muss. Ich werde alles tun, was mir möglich ist, damit wir wieder nach vorne schauen.
Heute stand eine Annonce in der Zeitung. Die Wirtschaft in unserem neuen Ort sucht einen Gastwirt. Das könnte Vater doch vielleicht übernehmen. Nachher will ich ihm die Annonce zeigen. Ich helfe ihm. Und Pip auch.
Pip. Ich kann gar nicht glauben, dass ich Pip vor einem Monat noch nicht kannte. Jetzt ist er wie mein zweites Ich. Ich weiß, dass wir es gemeinsam schaffen. Wir können unsere Familie wieder auf die Beine stellen.
Nur eines bedaure ich. Ein Gedanke, der mir das Herz in der Brust schmerzen lässt.
Mia. Sie hat mir den lieben Jungen geschickt. Sie hat meinem Vater den Weg nach Hause gewiesen. Beides zusammen hat mir

das Leben gerettet, hat uns allen eine zweite Überlebenschance ermöglicht. Und ich konnte mich nicht bei ihr bedanken.
Wenn ich einen Wunsch frei hätte, dann nur einfach den, dass ich vor ihr stehen und Danke sagen könnte.

Hier endete der Tagebucheintrag. Es war der letzte im Buch. Ich wusste nicht, was ich davon halten sollte, und noch viel weniger, was ich sagen sollte. Mir drehte sich der Kopf vor lauter Gedanken, gleichzeitig fühlte er sich so leer an wie die letzten Seiten von Dees Tagebuch.

Ich sah auf zu Grandma.

Ihre Augen waren verschleiert und leuchteten gleichzeitig. »Jetzt habe ich die Gelegenheit, nicht wahr?«, flüsterte sie. »So unmöglich es auch erscheint, es ist wahr, nicht? Ich kann endlich danke sagen.«

Und plötzlich wusste ich, dass ich damit nicht umgehen konnte. Mit nichts von alldem. Der Raum drehte sich. Ich war ziemlich sicher, dass ich mich übergeben müsste. »Ich muss raus«, sagte ich.

Und dann machte ich kehrt und rannte die Treppen hinunter und aus der Hintertür des Pubs. Flake hob den Kopf und wedelte mit seinem struppigen Schwanz, als ich in die Küche kam.

Flake. Der normale, vergnügte, unkomplizierte Flake.

»Ich könnte auch einen kleinen Spaziergang brauchen«, sagte ich und nahm ihn an die Leine.

Und ehe uns jemand aufhalten konnte, öffnete ich die Hintertür, zog Flake hinter mir her und machte mich davon. Davon vor Grandma, dem Pub, dem Tagebuch und allem anderen, was in meiner Welt passierte, die auf einmal absolut und total und auf unmögliche Weise verrückt geworden war.

Es hatte angefangen zu regnen. Mir war das egal. Ich spürte den Regen nicht mal. Ich spürte gar nichts.

Ich saß auf einer Bank und starrte aufs Meer hinaus. Flake schmiegte sich an meine Beine. Ich versuchte meine Gedanken zu ordnen und zu einigermaßen vernünftigen Überlegungen zurückzukehren.

Womit sollte ich anfangen?

»Mia.« Eine Stimme unterbrach meinen Versuch, meine Gedanken zu ordnen. Ich drehte mich um und sah, dass Sal auf mich zukam.

»Was war denn los?«, fragte sie und stellte sich vor mich. »Was ist mit deiner Großmutter? Hast du es ihr gesagt?«

Ich hielt die Hand abwehrend hoch, um weiteren Fragen Einhalt zu gebieten. »Was soll ich zuerst beantworten?«

Sal holte Luft. »Na ja, ich dachte, wir würden es unseren Leuten erzählen. Und auf einmal bist du weg, ist deine Großmutter weg, deine Mutter fragt, wo ihr beide seid und was eigentlich los ist, und ich stehe da und mache wie ein Goldfisch nur stumm den Mund auf und zu.«

»Entschuldige.«

Sal sah mich einen Augenblick an, dann setzte sie sich neben mich auf die Bank. »Nein. Mir tut es leid«, sagte sie. »Geht es dir auch gut? Du siehst schrecklich aus.«

»Danke.«

»Ich meine … Oje, ich bin wohl ziemlich ungeschickt, was?«

Ich schüttelte den Kopf. »Es hat nichts mit dir zu tun. Es ist – «

»Was? Was war denn mit deiner Großmutter?«, fragte Sal wieder. »Möchtest du es mir erzählen?«

Wollte ich das? Gute Frage. Würde Sal uns alle für verrückt halten, wenn ich es tat? Aber immerhin hatte sie ja einen großen Teil der verrückten Dinge miterlebt, die passiert waren. Vielleicht war sie die einzige Person, der ich es erzählen konnte, ohne mir Sorgen machen zu müssen, was sie davon hielt. Vielleicht war sie die einzige Person, die mir helfen konnte, diese Rätsel zu lösen.

»Ja«, sagte ich. »Ich möchte es dir erzählen.«

Sal hörte zu, während ich mir den Kopf leer redete. Danach sagten wir beide eine Weile gar nichts. Wir saßen einfach nebeneinander und beobachteten die Wellen, die an den Strand schlugen und die Boote im Hafen wiegten. Alles sah so friedlich und still und sanft aus – was für eine Lüge.

Sal lehnte sich zurück und atmete schwer aus. »Wow«, sagte sie schließlich.

»Genau.«

»Dann sind deine Großmutter …«

»Und Dee …«

Sal drehte sich zu mir um. »Sie sind …«

Sie konnte die Worte nicht aussprechen. Ich konnte es ihr nicht übelnehmen. Versucht ihr es mal selbst. Denkt euch den verrücktesten Gedanken aus, den man sich vorstellen kann, dann stellt euch vor, ihr teilt ihn jemandem mit vollem Ernst mit und kommt euch dabei nicht unglaublich lächerlich vor.

Das ist nicht einfach, oder?

Ich beschloss, Sal die Anstrengung zu ersparen, es zu versuchen. »Grandma und Dee sind ein und dieselbe Person«, sagte ich rundheraus.

Na also. Ich hatte es geschafft. Ich hatte die unmöglichen Worte ausgesprochen, von denen wir beide wussten, dass sie irgendwie stimmten.

Stumm saßen wir da. Ich hatte das Gefühl, die Worte

würden vor mir herumtanzen und durch die Luft hüpfen, während ich sie zu ergreifen und zu einer vernünftigen Form zusammenzusetzen versuchte. Es ging nicht.

»Aber es müssen doch – wie viel – fünfzig Jahre zwischen ihnen liegen«, sagte Sal schließlich.

»Jep.«

Halt mal! Sie hatte recht! *Fünfzig Jahre.* »Sal, der Artikel über Luffsand!«

»Was ist damit?«

»Der war doch fünfzig Jahre alt, nicht?«

»Ja, aber –«

»Grandma ist dieses Jahr dreiundsechzig geworden. Dee ist dreizehn. Es sind also genau fünfzig Jahre Unterschied, und der Sturm hat genau vor fünfzig Jahren stattgefunden.«

»Was willst du damit sagen?«, fragte Sal mit heiserem Flüstern.

Ich schüttelte den Kopf. »Ich weiß nicht … aber irgendwas Seltsames ist hier im Gange.«

»*Glaubst* du?«

»Nein, ich meine … Hör mal, ich komme mir total plemplem vor, das laut zu sagen, aber ich sag es trotzdem, okay? Und du darfst nicht lachen oder sagen, ich sei verrückt.«

»Das mach ich nicht, Mia. Wenn du verrückt bist, bin ich es auch. Ich hab das doch auch alles gesehen.«

»Okay.« Ich holte tief Luft. »Also, erstens glaube ich, dass es was mit dem Boot zu tun hat.«

»Mit dem Boot? Wie das?«

»Ich habe Dee auf dem Boot ihres Vaters Nachrichten geschickt, und wenn wir recht haben, dass Dee und Grandma ein und dieselbe Person sind, dann sind die Nachrichten fünfzig Jahre zurückgereist.«

»Okay«, sagte Sal zögernd.

»Dann sind wir beide auf demselben Boot nach Luffsand gefahren und waren plötzlich mitten in einem Sturm – ein Sturm, der vor fünfzig Jahren stattgefunden hat.«

»Dann fährt man mit dem Boot praktisch irgendwie fünfzig Jahre in der Zeit hin und her?«

»Oder vielleicht ist es der Kompass«, dachte ich laut weiter.

»Weil er sich so wild gedreht hat«, setzte Sal hinzu.

»Genau.« Das alles war nicht ganz von der Hand zu weisen, aber es war außerhalb meines Vorstellungsvermögens. Ich konnte es einfach nicht zu etwas Vernünftigem zusammenfügen.

Ich zuckte die Schultern. Was hatte ich schon zu verlieren? Wenn ich austickte, war immerhin Sal bei mir. »Pass auf, ich weiß, dass es komplett verr-«

»Nein, du hast recht«, sagte Sal. »Genau das ist Peter passiert. Deshalb ist er nicht zu uns zurückgekommen.

Er ist in der Zeit zurückgefahren – und jetzt, nachdem der Mann sein Boot wiederhat, haben wir keine Möglichkeit, ihn zurückzuholen.«

»Der Mann ... Dees Vater«, sagte ich.

»Mia«, sagte Sal so leise, dass ihre Stimme wie das Flüstern eines Windhauchs war, der die ruhige See kräuselt.

»Was?«

»Wenn Dee deine Großmutter ist und der Mann ihr Vater war ...«

»Ja?«

Sal schluckte. »Wer ist dann Peter?«

Ich wollte gerade antworten, aber zwei Dinge hielten mich davon ab. Erstens konnte ich die Antwort in meinem Kopf nicht richtig formulieren. Oder konnte schon, aber diesmal wusste ich, wenn ich das tat, dann war ich ganz sicher reif für die Klapsmühle.

Zweitens hörten wir scharrende Schritte hinter uns.

Ich drehte mich um, als die Schritte näher kamen, und blickte auf. Direkt vor meinen Augen stand die letzte Person, die ich erwartet hatte, die Person, um die meine Gedanken seit einer Woche kreisten. Ein Mann.

Ich sprang auf und umschlang ihn mit den Armen.

»Grandad!«

Peter

Er saß am Esstisch und war bei den Schulaufgaben. Seine Mutter war oben und saugte Staub. Sein Vater war noch im Bett. Seine Schwester Sal war in der Küche, um sich einen Happen zu machen, den sie vor dem Fernseher essen wollte.

Logarithmen. Wer zum Teufel hatte die erfunden? Und wozu? Was für einen Beruf würde er denn wohl je ergreifen, der davon abhing, dass er wusste, wie oft man den Faktor drei multiplizieren konnte?

Aber egal, Peter hatte seine Aufgaben noch nie zu spät abgegeben und noch nie Ärger bekommen, daher blieb er dran. So ein Junge war er eben – und alle wussten es. Er war einer der wenigen, die von den Lehrern genauso sehr gemocht wurden wie von ihren Mitschülern. Und eine knifflige Gleichung sollte daran nichts ändern.

Also hielt er den Kopf über eine Menge verwirrender Zahlen und Formeln gesenkt. Wenn er jetzt damit fertig wurde, dann könnte er das restliche Wochenende tun und lassen, was er wollte, ohne dass die Aufgaben ihn belasteten.

Aber als er ein leises ›Plumps‹ aus der Diele hörte, war er doch so empfänglich für eine Ablenkung, dass er wie der Blitz aus dem Stuhl hochfuhr.

Er stand in der Diele und sah sich um. Nichts. Er machte die Tür zum Windfang auf und sah auf die Fußmatte. Da lag etwas mit der Vorderseite nach unten – eine Zeitschrift oder ein Katalog.

Peter bückte sich, um es aufzuheben. Es war eine Ferienbroschüre für einen Ort, von dem er noch nie gehört hatte. Machen Sie Angelurlaub in Porthaven, *stand auf dem Deckblatt.*

Angeln? Da er sein ganzes Leben in einer Stadt verbracht hatte, war Angeln nichts, das ihm jemals in den Sinn gekommen war. Genauer gesagt, er war noch nie auf einem Boot gewesen! Wo lag denn Porthaven überhaupt? Und wer hatte die Broschüre gebracht? Der Postbote war doch schon gewesen.

Neugierig öffnete er die Haustür, in der Erwartung, einen Teenager mit Umhängetasche über der Schulter zu sehen, der die Broschüre bei jedem Haus in der Straße einwarf. Aber niemand warf irgendwo etwas ein. Die einzige Person in Sichtweite war ein Mann ganz am Ende der Straße, der Peter den Rücken zugewandt hatte.

Peter beobachtete ihn, stellte fest, dass er ziemlich alt war, dass er einen dicken Dufflecoat trug, dass seine Haare strähnig und windzerzaust waren und dass er es anscheinend eilig hatte, davonzukommen.

Gerade, als der Mann kurz davor war, um die Ecke zu biegen, hielt er inne, als sei er nicht sicher, welche Richtung er einschlagen sollte. Und dann drehte er sich ganz langsam um und sah die Straße entlang. Ihre Blicke trafen sich. Einen ganz kurzen Augenblick lang sahen sie sich fest an.

Im nächsten Moment wurde Peter von schrecklichen Kopfschmerzen überfallen, die so heftig waren, dass er die Augen zukniff und sich den Kopf hielt. Was war das? Ein Migräneanfall? Peter hatte noch nie einen gehabt, deshalb wusste er nicht, ob er sich so anfühlen würde. Er wusste nur, dass er noch nie derartige Schmerzen verspürt hatte.

Er hielt sich immer noch den Kopf und taumelte ins Haus zurück. Mit steigender Aufregung kroch ihm ein fleckiger roter Ausschlag um den Hals. »Mum!«, rief er. Dann sank er auf die Knie und wartete, dass der Schmerz nachließ.

Die rätselhaften Kopfschmerzen hielten den ganzen Tag an. Peter konnte an dem Nachmittag nichts tun als im Dunkeln auf seinem Bett liegen.

Kein Fußball. Fußball war nach Peters Ansicht der einzige Grund, wozu der Samstag gut war. Aber ihm blieb keine Wahl.

Mühevoll machte er sich nach unten auf und aß mit seiner Familie zu Abend.

»Der Ort sieht absolut himmlisch aus«, murmelte seine Mutter und blätterte in der Broschüre, während sie einen Apfel aß.

Sein Vater runzelte die Stirn. »Können wir uns das leisten?«, fragte er. »Wo ich doch jetzt nur noch in Teilzeit arbeite und Entlassungen drohen? In einem Monat könnte ich ohne Arbeit sein.«

»Ein Grund mehr, jetzt Urlaub zu machen«, sagte Peters Mutter kategorisch.

Sein Vater beugte sich zu ihr, um einen Blick in die Broschüre zu werfen. »Stimmt schon«, sagte er. »Und um ehrlich zu sein, ich habe schon immer Lust auf einen Angelurlaub gehabt. Was meint ihr, Kinder?«

Peter zuckte die Schultern. »Mir egal«, sagte er. Er hatte eine Kopfschmerztablette genommen, konnte aber immer noch kaum die Augen aufmachen, ohne dass ihm ein glühender Schmerz durch den Kopf zuckte.

»Mir wäre ja Reiten lieber«, sagte Sal, dann stand sie vom Tisch auf und brachte ihren Teller zur Spüle.

»Au, seht mal, sie haben in den Frühjahrsferien noch was frei«, entdeckte Mum. »Wir hatten uns doch überlegt, was wir da machen.«

Dad gab seiner Frau einen Kuss auf die Stirn und nahm sich die Broschüre vor. Peter hatte aufgegessen und fragte, ob er aufstehen könnte. Die Schmerzen wurden wieder schlimmer, und er brauchte Dunkelheit und Ruhe.

»Na, da müssen wir ja nicht weiter überlegen«, sagte sein Vater und ging zum Telefon, während sich Peter zum Bett aufmachte. »Gehen wir angeln in Porthaven.«

16

Grandad drückte mich ein paar Sekunden an sich, dann nahm er meine Hände und löste sie von seinem Hals.

Als ich zurücktrat, sah ich, dass jemand aus dem Pub getreten und schon halb bei uns war. Grandma!

Sie starrte unverwandt zu Grandad herüber. Ihre Augen schimmerten wie Glas, und sie hatte die Arme fest verschränkt. Auch er sah sie durchdringend an. Ihre Blicke waren elektrisch aufgeladen. Es knisterte fast. Grandad stand so bewegungslos da wie die Statue auf der Promenade und erwartete Grandma.

Dann schloss er seine Hände um ihre. »Diane, es tut mir leid, dass ich einfach so verschwunden bin«, sagte er. »Aber ich musste es tun.«

Grandma schluckte und nickte. Sie entzog ihm eine Hand. Einen Moment lang dachte ich, sie würde es sich anders überlegen und wieder gehen. *Nein – bitte nicht! Hör an, was er zu sagen hat!*, wollte ich rufen.

Aber sie ging doch nicht. Stattdessen hob sie die Hand zu seinem Gesicht und strich ihm über die Wange. »Das weiß ich inzwischen«, flüsterte sie.

Grandad neigte den Kopf zur Seite. »Du weißt es?«, wiederholte er.

»Was weißt du?«, wollte ich wissen.

Grandma wandte sich mir zu, als habe sie mich gerade erst bemerkt. Dann lächelte sie. »Alles«, sagte sie.

»Aber –«, fing Grandad an.

Sie legte einen Finger auf seine Lippen, um ihn daran zu hindern, noch etwas zu sagen. »Ich glaube, tief im Inneren habe ich es immer gewusst«, fuhr sie fort. »Aber ich wollte es nicht zugeben, weil ich Angst hatte, es könnte verschwinden. *Du* könntest verschwinden.«

Grandad legte die Arme um Grandma und zog sie an sich. »Ich liebe dich so sehr«, sagte er und gab ihr einen Kuss auf die Wange.

Jetzt fragte ich mich, ob Sal und ich uns nicht verdrücken und so tun sollten, als wären wir nie dabei gewesen. Klar, das war eindeutig das Beste, was während der ganzen Woche passiert war, aber es bedeutete noch lange nicht, dass ich zusehen wollte, wie sich meine Großeltern auf der Hafenpromenade abknutschten.

Ich hüstelte.

Grandma und Grandad rückten ein bisschen voneinander ab und sahen zu uns herüber. Beide hatten den gleichen Blick. Ich konnte ihn nicht genau deuten, aber es war, als ob in ihren Augen der Schlüssel zu einer geheimen Welt läge, zu einer Welt, von der niemand

sonst wusste. Dann nickte Grandad in unsere Richtung.
»Komm, wir setzen uns zu ihnen«, sagte er.

Sal und ich rückten zur Seite, und sie kamen zu uns auf die Bank.

Flake sprang zwischen ihnen hin und her und schob seine Schnauze auf Grandads Schoß, um gestreichelt zu werden, und dann rieb er sich an Grandmas Beinen.

Grandma, die immer noch Grandads Hand hielt, wandte sich an mich.

»Ich wusste immer, dass irgendwas Seltsames vor sich geht«, sagte sie.

»In welcher Beziehung?«, fragte ich.

»Insgesamt und überhaupt. Dass Pip aus dem Nirgendwo aufgetaucht war und eigentlich nicht erklären konnte, woher er gekommen war.«

»Pip?«, sagte ich, ohne nachzudenken. Es war so selten, dass Grandma den richtigen Namen von Grandad benutzte, dass ich einen Augenblick nicht sicher war, von wem sie redete.

»Du weißt doch, wer ich bin, nicht?«, sagte Grandad und sah mich eingehend an. »Du weiß, wer ich *war*?«

Ich nickte. »Ich – ich glaube schon.« Einen Augenblick kam ich mir zu lächerlich vor, um es laut zu sagen. Wenn ich mich nun irrte? Nein, das war zu albern. Ich *wusste*, dass ich mich nicht irrte. »Peter?«, krächzte ich.

»Ich wusste doch, dass du draufkommen würdest«, sagte Grandad mit einem angedeuteten Lächeln. »Du erinnerst dich sicher an unser Gespräch am Strand, als du sagtest, dein eigentlicher Name sei Amelia, aber deine Freunde würden dich Mia nennen?«, fuhr er fort. »Als ich auf Luffsand festsaß, war mir plötzlich klar, dass ich das Gleiche machen könnte. Daher fing ich mit einem neuen Namen neu an. Mein zweiter Vorname ist Philip, daher beschloss ich, ihn zu wählen. Der Kosename für mich, den deine Großmutter benutzte, war Pip.«

»Nur dass dann alle angefangen haben, dich so zu nennen, stimmt's?«, sagte Grandma. »Ich bezweifle, dass irgendjemand hier am Ort weiß, dass du überhaupt einen anderen Namen hast!«

Ich schüttelte den Kopf. Mein Großvater – Pip – war *tatsächlich* Peter. Das war zu viel, um es zu begreifen.

Grandma wandte sich mir zu. »Und dann bist du auf einmal spurlos verschwunden, Mia« fuhr sie fort. »Es gab damals so viele Fragen, die sich nicht beantworten ließen.«

»Wie bist du mit all dem fertig geworden?«, fragte ich.

»Wahrscheinlich hatte ich zu viele andere Dinge im Kopf, die dringender waren. Nach den Stürmen und dem Übersiedeln aufs Festland mussten wir alle unser Leben neu aufbauen, von vorne anfangen. Ich musste für Mutter sorgen. Keine Zeit, um herumzusitzen und über ein Rätsel zu grübeln, das ich niemals würde ergründen können: das geheimnisvolle Mädchen, das in mein Leben kam, nur, um sich wieder in Luft aufzulösen, nachdem es geholfen hatte, meine Familie zu retten.«

Eine Sache ergab plötzlich einen Sinn. Der Grund, warum Grandma niemals über Gefühle sprach; der Grund, warum sie die Dinge immer beherzt in die Hand nahm, statt zu jammern und alles durchzukauen. Denn das hatte sie als Kind tun müssen. Sie hatte nicht die Zeit gehabt, herumzusitzen und sich darüber die Augen auszuweinen; sie musste die Familie zusammenhalten.

»Hast du mit keinem darüber geredet?«, fragte ich.

Grandma schüttelte den Kopf. »Wie konnte ich? Damals haben sie Mädchen meines Alters noch eingesperrt, in Irrenanstalten, wie wir das nannten, weißt du? Es hätte nur die Unterschrift meines Vaters gebraucht, und schon wäre ich lebenslang weggesperrt worden.«

Ich musterte Grandmas Gesicht. Machte sie Witze?

»Und Peter?«, fragte ich. »Ich meine, Pip. Konntest du nicht mit ihm reden?«

Grandma lächelte leicht. »Oh ja. So oft lag es mir auf der Zungenspitze, ihn zu fragen. Aber verstehst du, das war noch riskanter. Ihm solche Fragen zu stellen und zu riskieren, dass er mich für verrückt hielt? Nein, das schaffte ich nicht. Und zwar, weil ich wusste, dass ich mich gerade in ihn verliebte. Ich hatte schon zu viel verloren. Ich hatte kein Zuhause, kein Luffsand mehr, keine Insel.«

»Du hast alles verloren«, sagte ich leise.

»Fast alles. Ich hatte ja noch Freunde – die ich jetzt sogar öfter sehen konnte. Aber das war nicht dasselbe. Sie hatten keine Ahnung, was ich durchgemacht hatte. Pip schon. Das schweißte uns zusammen wie nichts, was ich bisher erlebt hatte, und Pip und meine Familie und die anderen Inselbewohner waren die Einzigen, die dieses Gefühl teilten.«

Bei dem Wort »Familie« fiel mir plötzlich etwas auf. Seit Grandads Auftauchen hatte Sal kein Wort gesagt.

Vielleicht fiel es ihm im selben Moment auf, ich weiß auch nicht. Aber eben jetzt drehte er sich zu ihr um. Seine Augen sahen aus wie dunkle Tümpel, die am Überfließen waren, und mit einem Flüstern, das so leise war wie eine kleine Welle, die an den Strand schwappte, sagte er: »Du hast mir so gefehlt.«

Sal schüttelte den Kopf. Sie biss sich fest auf die Unterlippe und wandte sich ab. Dann stand sie auf. »Ich krieg das nicht auf die Reihe«, sagte sie und machte sich in Richtung Pub auf.

»Sal, warte!«, rief Grandad.

Grandma legte ihm die Hand auf den Arm. »Lass ihr einen Augenblick«, sagte sie. »Das braucht Zeit.«

»Ich gehe«, sagte ich.

Grandad stand ebenfalls auf. »Nein«, sagte er. »Wir gehen alle zusammen. Sie sind meine Familie genauso wir ihr, und ich schulde euch *allen* eine Erklärung.«

Er half Grandma auf.

»Bist du dir sicher?«, fragte sie.

Grandads Gesicht war fest entschlossen. »Ich war mir noch nie sicherer über etwas.« Auch ich erhob mich von der Bank, und er legte den anderen Arm um mich. »Diese Geschichte ist zu lange in mir vergraben gewesen«, sagte er. »Und nachdem ich nun endlich darüber sprechen kann, muss ich sie erzählen – euch allen.«

Sal saß zwischen ihren Eltern auf der Eckbank im Gastraum. Sie hatte gerötete Augen, und ihr Gesicht war abweisend und verschlossen wie eine verriegelte Tür. Mum war ebenfalls da.

Kaum waren wir durch die Tür gekommen, sprang Mum von ihrem Stuhl auf wie von glühenden Kohlen. »Dad!«, rief sie aus, rannte auf ihn zu und umarmte ihn. »Dad! Dir ist nichts passiert, dir ist nichts passiert!«, sagte sie ein ums andere Mal. Als sie sich von ihm löste, strömten ihr Tränen über die Wangen.

Grandad weinte ebenfalls. Aber er sah nicht sie an. Er sah Sals Vater an, der den Blick erwiderte. Doch sein Blick unterschied sich stark von dem meines Großvaters. Ich würde sagen, so könnte jemand aussehen, der ein Gespenst ins Zimmer kommen sieht, das höflich fragt, ob jemand eine Tasse Tee möchte.

Sals Mutter drehte sich nach Grandad um und wurde aschfahl. »Bernard?«, sagte sie mit gekrächztem Flüstern.

Grandad kam einen Schritt auf sie zu. »Ich bin nicht Bernard«, sagte er. Seine Stimme brach genauso wie ihre.

»Wer ist Bernard?«, fragte ich.

»Mein Großvater«, sagte Sal steif.

»Mein Vater«, sagte ihr Dad.

»Er ist vor fünfzehn Jahren gestorben«, fügte ihre Mutter hinzu. »Und er war diesem Mann wie aus dem Gesicht geschnitten.«

Grandma verschwand in der Küche und kam mit ein paar Teetassen zurück. Aus einer Kanne, die bereits auf dem Tisch stand, schenkte sie Tee ein, dann setzte sie sich neben Mum.

Grandad setzte sich neben sie. Ich quetschte mich ans andere Ende der Bank, neben Sal.

Sals Dad sah verwirrt aus. »Wenn Sie nicht Bernard sind, wer sind Sie dann?«, fragte er.

Grandad holte tief Luft und stieß sie langsam wieder aus. Er sah Sals Vater so fest an, als seien sie mit einem Laserstrahl verbunden. »Dad, ich bin es«, sagte er. »Ich bin Peter.«

17

Ich hielt den Atem an. Ich glaube, die anderen auch alle. Die Welt hielt den Atem an, und nichts rührte sich; kein Hauch, kein Wimpernschlag, nichts. Die Zeit stand still. Vielleicht sogar wortwörtlich. Inzwischen war ich der Überzeugung, dass alles möglich war.

Sals Mutter brach das Schweigen als Erste. »Wer sind Sie?«, flüsterte sie.

Grandad räusperte sich. »Ich bin's, Mum«, sagte er.

»Reden Sie mich nicht so an!«, fuhr ihn Sals Mutter an. »Sie müssen dreißig Jahre älter sein als ich. Ich kann nicht Ihre Mutter sein!«

Grandad nickte langsam. »Ich weiß«, sagte er. »Es ist schwer zu begreifen.«

Sals Vater schnaubte. »Wirklich? *Meinen* Sie?«

Grandma legte eine Hand auf Grandads Arm. »Du hast dich dein ganzes Leben lang daran gewöhnen können, denk dran«, sagte sie leise.

Sals Mutter starrte Grandma an. »Wer ist dieser Mann?«, fragte sie, und ihre Stimme war gespannt wie ein Draht.

Grandad streckte die Hand nach ihr aus. »Mum, bitte, glaube mir. Ich –«

Sie zog die Hand zurück. »Wie können Sie es wagen! Hier hereinzuspazieren und uns zu einem Zeitpunkt wie diesem zu Narren zu machen. Was bilden Sie sich ein, wer Sie sind?«

»Ich sage doch andauernd, wer ich bin«, erwiderte Grandad. Seine Frustration wuchs, und ein fleckiger roter Ausschlag überzog seinen Hals. »Warum glaubt ihr mir nicht?«

Sals Mutter wurde fahl. Sie starrte Peter an. »Ihr Hals«, sagte sie.

Grandad griff sich an den Hals. »Was ist damit?«

»Der Ausschlag«, sagte sie nur. »Das passiert auch Peter immer, wenn er aufgeregt ist.«

Grandad sah sie an. »Ich weiß. Ich *bin* Peter«, sagte er.

Im Raum wurde es still. Schließlich ergriff Sals Mutter wieder das Wort. »Aber wie kann das sein?«, fragte sie. »Wie ist so etwas möglich?«

»Willst du das wirklich wissen?«, fragte Grandad.

»Ja«, erwiderte Sals Vater – *sein* Vater – bestimmt. »Das *müssen* wir wissen.«

»Also, es nahm vor ein paar Monaten seinen Anfang«, begann Grandad. »Der Gemeinderat hatte eine Broschüre herausgebracht, um zu versuchen, Touristen nach Porthaven zu locken.«

»Eine Broschüre?«, fragte Sals Mutter. »Die, in der der Angelurlaub angeboten wurde?«

Grandad nickte.

»Halt mal – davon hat uns Grandma erzählt«, mischte ich mich ein. »Sie hat gesagt, dass du dich ganz seltsam verhalten hast, als sie gebracht wurde. Und dann hast du gesagt, dass du eine Wochenendfahrt machen willst.«

»Ich habe ja schon die ganze Zeit den Verdacht gehabt, dass es kein spontaner romantischer Einfall war«, sagte Grandma.

»Doch, das war es ebenfalls«, sagte Grandad.

»Aber es war nicht der Hauptgrund«, beharrte Grandma. »Das ist mir jetzt klar. Es hatte was mit der Broschüre zu tun. Du wolltest sie in das Haus deiner Eltern bringen, stimmt's?«

»*Sie* haben uns diese Broschüre gebracht?«, fragte Sals Mutter. »Aber warum?«

Grandad holte tief Luft. Er krampfte die Hände im Schoß zusammen und stieß den Atem mit einem langen, leisen Pfeifton aus. »Ich ...« Er wurde rot. Während er sich bemühte, die Worte auszusprechen, begriff ich. Ich wusste, was er zu sagen versuchte.

»Du musstest sie Peter geben, stimmt's?«, platzte ich heraus. »Du musstest sie deinem jüngeren Ich geben!«

Ich glaube nicht, dass ich jemals so viele aufgesperrte Münder auf einmal gesehen habe. Fast konnte ich sehen, wie sich die Rädchen in ihren Köpfen drehten, während sie diese Aussage zu begreifen versuchten. Es war unmöglich – aber es stimmte. Das wusste ich jetzt.

»Mia hat recht«, sagte Grandad. »Kaum, dass ich die Broschüre vor ein paar Monaten zu Gesicht bekommen hatte, wusste ich, was sie war. Ich erkannte sie, als hätte ich sie erst einen Tag zuvor gesehen.«

»Obwohl du sie doch in Wirklichkeit vor fünfzig Jahren gesehen hattest«, sagte ich.

»Genau. Und da verstand ich endlich, warum ich vor so vielen Jahren als Kind diese schrecklichen Kopfschmerzen gehabt hatte – die, mit denen ich fast die ganze Woche im Bett bleiben musste.«

»Zwei verschiedene Versionen von dir sind sich von Angesicht zu Angesicht begegnet!«, sagte ich. Ich hatte die *Zurück in die Zukunft*-Filme gesehen. Ich kannte die Folgen von solchen Ereignissen. Aber das hier war kein Film – es war das richtige Leben. Das Leben meiner Familie!

»Genau«, sagte Grandad wieder. »Mein junges und mein altes Ich waren zur gleichen Zeit da. Sobald ich die Verbindung herstellte, indem ich mein zweites Ich ansah, wurde der Schmerz unerträglich – für uns beide. An jenem Tag begriff ich eines: Das konnte ich kein zweites Mal ertragen. Ich war nicht sicher, ob wir das beide überleben würden.«

»Beide?«, fragte Mum. Sie hatte sich bisher noch nicht zu Wort gemeldet, aber gebannt hatte sie jedem Wort von Grandads Geschichte zugehört, genau wie wir anderen.

»Beide Versionen von mir«, murmelte Grandad. »Es ist seltsam. Denselben Moment zweimal zu erleben, mit fünfzig Jahren Abstand und aus zwei unterschiedlichen Perspektiven. Hat mich umgehauen. Ich steckte die Broschüre durch den Briefschlitz und machte mich schnell davon. Kam bis ans Ende der Straße. Und dann, auch wenn ich wusste, was passieren würde, konnte ich nicht anders. Ich konnte nicht widerstehen, einen kurzen Blick auf den Jungen zu werfen, der ich einmal gewesen war.«

»Und du hast ganz schlimme Kopfschmerzen bekommen«, sagte ich.

Grandad schnaubte. »*Schlimm* beschreibt sie nicht mal annähernd. Ich habe noch nie so etwas gehabt – abgesehen von jenem anderen Mal.«

»Und das war das Ende unseres romantischen Wochenendes«, sagte Grandma. »Den Rest hast du im Dunkeln im Bett verbracht und gestöhnt, wie schlecht du dich fühltest.«

»Das tut mir leid«, sagte Grandad kleinlaut. Grandma lächelte und drückte seine Hand.

»Da wusste ich, dass ich getan hatte, was zu tun war«,

fuhr er fort. »Meine Familie würde zu einem Urlaub hierherkommen. Ich hatte meinen Teil geleistet, um sicherzustellen, dass sie kämen. Aber ich musste mich verdrücken. Auf keinen Fall konnte ich es mir leisten, das Risiko einzugehen, noch mal etwas wie diese Kopfschmerzen auszulösen. Das konnte alles zunichtemachen.«

»Alles zunichtemachen?«, fragte Mum.

»Ich musste sicherstellen, dass der junge Peter während dieser Woche in Porthaven sein würde.« Grandad wandte sich mir zu. »Er musste hier sein, um mit dir zusammenzutreffen.« Dann drehte er sich zu Grandma zurück und nahm ihre Hände in seine. »Und nach Luffsand fahren, um dich zu holen.« Er sah sie fest an und fuhr fort: »Deshalb *musste* ich verschwinden. Ich konnte nicht riskieren, dass Peter mich sehen würde und von diesen schrecklichen Kopfschmerzen außer Gefecht gesetzt würde – oder Schlimmeres.«

Grandma starrte auf die Hände, die ihre umfassten. »Die ganzen Jahre hast du das für dich behalten«, sagte sie. »Warum hast du es mir nie erzählt?«

»Wie hätte er das tun können?«, antwortete ich an seiner Stelle. Nachdem ich Grandads Geschichte gehört hatte, begriff ich, dass er derjenige war, der mehr als alle anderen verloren hatte. Ein ganzes Leben ohne seine Familie, und dazu hatte er die Wahrheit die ganze Zeit vor seiner Frau verborgen. »Du hast uns doch schon gesagt, was sie mit verrückten Leuten anstellten. Wie hätte deine Familie wohl reagiert, wenn er dir erzählt hätte, dass er aus der Zukunft gekommen war, um euch alle zu retten?«

»Mia hat recht«, sagte Grandad. »So oft habe ich etwas sagen wollen und war kurz davor. Aber jedes Mal hielt mich dieselbe Überlegung zurück. Was, wenn du mich für verrückt gehalten hättest oder für einen Lügner oder einfach nur für einen albernen Narren? Wenn ich dich verloren hätte? Wie hätte ich versuchen können, dich von etwas zu überzeugen, das ich selbst kaum glauben konnte? Daher bewahrte ich mein Geheimnis in meinem Herzen. Trug es fünfzig Jahre mit mir herum. Hab überall herumerzählt, ich sei ein versprengter Waisenjunge, wenn ich gefragt wurde, woher ich käme.«

»Ich möchte etwas fragen«, sagte ich.

Grandad sah mich an.

»Wieso bist du mit dem Boot nach Luffsand gefahren? Du hast versprochen, es nicht zu tun, aber dann bist du doch gefahren.«

Grandad senkte den Kopf und blickte auf den Tisch. Dann erwiderte er: »Glaubst du, dass ich mich das nicht auch Tausende von Malen gefragt habe?« Er schüttelte den Kopf. »Ich wollte dich überraschen. Ich überlegte, was das Beste wäre – zu tun, was man mir befohlen hatte, oder meinen Fähigkeiten zu trauen und einen

Haufen anderer Leute glücklich zu machen? Nicht, dass an dem Tag überhaupt jemand glücklich war.«

»Vielleicht nicht«, sagte ich. »Aber denk nur, was hätte passieren können, wenn du nicht gefahren wärst. Wenn du das Boot vor fünfzig Jahren nicht genommen hättest.«

Grandma schauderte. »Das möchte ich mir gar nicht vorstellen.«

Grandad nickte. »Du hast recht«, sagte er. »Und alles in allem würde ich es wieder tun.«

Sals Eltern starrten Grandad immer noch an. Sie nahmen nicht an der Unterhaltung teil. Ihre Gesichter hatten alle Farbe verloren.

»Peter«, sagte Sals Mutter schließlich. »Du bist das also wirklich? All das – ist wirklich wahr?«

Grandad nickte ihr zu.

Über jede Wange rann ihr eine Träne und hinterließ zwei gleiche Spuren auf ihrem Gesicht.

Sals Vater schluckte. »Ehrlich? Das ist kein schlechter Scherz?«, fragte er.

»Sehe ich aus, als ob ich scherze?«, fragte Grandad düster.

»Sieh ihn dir doch an«, sagte Sals Mutter. »Es ist offensichtlich. Er ist deinem Vater aus dem Gesicht geschnitten. Ach, Peter!«

Sie stand auf und setzte sich neben Grandad, legte ihm

die Arme um den Hals und zog ihn an sich. Grandad schloss die Augen und drückte sie ebenfalls.

»Dein ganzes Leben«, flüsterte sie. »Wir haben dein ganzes Leben verpasst.«

Grandad rückte wieder etwas von ihr ab und lächelte ein wenig. »Nein, das habt ihr nicht«, sagte er. »Ich habe alles behalten. Ich habe alles für euch aufbewahrt. Ich wusste, dieser Tag würde kommen, und ich habe mich fünfzig Jahre lang darauf vorbereitet.«

»Deine Rumpelkammer!«, stieß Grandma aus. »Natürlich! *Dafür* war sie. All die tausend Sachen, die du meiner Meinung nach hättest ausmisten sollen.«

»Und ich habe mich geweigert, auch nur ein Stück wegzuwerfen«, sagte Grandad, ohne den Blick von seiner Mutter zu nehmen. *Seine Mutter.* Es kam mir so seltsam vor, das auch nur zu denken, wo sie doch wahrscheinlich dreißig Jahre jünger war als er. Aber es stimmte. Sie war seine Mutter. Und Sals Vater war *sein* Vater. Was bedeutete, dass Sal seine Schwester war. Sal, die immer noch zurückgelehnt und mit verschränkten Armen auf ihrem Platz saß und die Stirn runzelte und kein Wort sagte.

Grandad stand auf und stieß mich an, um mit mir die Plätze zu tauschen. Ich setzte mich neben Grandma, und Grandad nahm meinen Platz ein. »Ich weiß, wie seltsam dir das vorkommt«, sagte er zu Sal.

»Seltsam? Meinst du das wirklich? Da wird mein Bruder vermisst und taucht am Tag darauf als alter Mann auf? Warum sollte das seltsam sein?«

»Du bist böse«, sagte Grandad. »Das verstehe ich.«

Sal wischte sich mit der Faust über die Wange. »Ich will meinen Bruder zurück«, sagte sie mit gesenktem Kopf.

Grandad legte ihr einen Arm um die Schulter. »Du hast ihn noch, versprochen. Und du wirst ihn nie wieder loswerden, okay?«

Sal hielt immer noch die Arme verschränkt und erwiderte nichts.

»Sal.« Grandad hob ihr Gesicht an. »Sieh mich an.«

Mit schweren Augenlidern sah sie zu ihm hoch.

»Ich bin's. Peter. Ich weiß, dass es seltsam ist – ich weiß, dass es eigentlich nicht sein kann. Ich weiß, dass du möglicherweise nie darüber wegkommst –«

»Bilde dir bloß nichts ein«, murmelte Sal.

Grandad lachte. »Das hört sich schon besser an«, sagte er.

Sals Mund verzog sich zu einem angedeuteten Lächeln.

»Wir arbeiten daran«, sagte Grandad. »Zusammen, als Familie. Bitte, Sal. Auf diese Wiedervereinigung habe ich zu viele Jahre gewartet. Mach es mir jetzt nicht kaputt.«

Sal lehnte den Kopf an Grandads Schulter und ließ zu, dass er sie an sich zog. »Aber was ist, wenn du wieder verschwindest?«, fragte sie leise.

»Ich verschwinde *nie wieder*«, versicherte er.

Sal rümpfte die Nase. »Versprochen?«

»Versprochen.«

»Aber wie soll das gehen? Du wohnst jetzt meilenweit weg von uns.«

»Schon, aber denk dran, wie ich schon sagte, ich habe viel Zeit gehabt, das alles zu planen.« Grandad lächelte Grandma zu. »Du weißt doch, dass wir schon über ein Jahr darauf warten, in den Ruhestand zu gehen?«

»Allerdings«, erwiderte Grandma. »Es gibt aber doch einfach keinen Nachfolger für den Pub, oder …?« Ihre Stimme erstarb.

Grandad lächelte seinen Eltern zu. »Wir wollen, dass ihr das hier übernehmt«, sagte er.

»Wirklich?«, fragte Mum.

Ich sah Grandma an.

»Pip, mach dich nicht lächerlich«, sagte sie. »Sie können doch nicht einfach Heim und Arbeit stehen- und liegenlassen und –«

»Doch, das können wir!«, sagte Sals Vater und grinste übers ganze Gesicht. »Warum denn eigentlich nicht? Das ganze letzte Jahr drohte die Gefahr, dass ich meine Arbeit verliere. Warum nehme ich nicht einfach die Abfindung an, und wir versuchen es? Ein Neubeginn.« Er sah Grandad an. »Für uns alle«, setzte er hinzu.

»Das ist die perfekte Lösung«, sagte Grandad mit

einem kurzen Blick auf Grandma und dann auf seine Eltern. »Wir bleiben hier zusammen wohnen, aber ihr übernehmt. Der Pub gehört euch.«

»Können wir das machen?«, fragte Sal.

»Ich … Wir … Wir besprechen es, okay?«, sagte ihre Mutter. »Das kommt alles ein bisschen schnell, aber wir denken darüber nach. Es ist tatsächlich eine Möglichkeit. Aber noch ist nichts versprochen.«

Grandad nickte. Dann stand er auf und streckte die Hand aus. »Komm rauf in mein Arbeitszimmer, Mum«, sagte er. »Ich habe ungefähr zwanzig Kisten voller Fotos, die ich dir zeigen möchte.«

Sie stand auf und nahm seine Hand. Sein Vater hatte die Hand auf seinen Rücken gelegt. »Dann komm, mein Sohn. Und lass nichts aus.«

Es war schon seltsam zu hören, dass er Grandad »mein Sohn« nannte. Genauso seltsam war es, das Grandad eine Frau, die halb so alt war wie er, »Mum« nannte. Es war *alles* so seltsam. Und dennoch, als die drei zusammen nach oben gingen, um sich gemeinsam die Erinnerungen eines ganzen Lebens anzusehen, stellte ich fest, dass es einerlei war, wie seltsam alles war. Entscheidend war nur, dass sie sich alle wiedergefunden hatten.

Und auf einmal wurde mir klar, dass ich auch etwas gefunden hatte.

»Hey, Sal«, sagte ich und war plötzlich etwas schüchtern.

Sie sah mich an. »Was ist?«

»Du weißt doch, was das bedeutet, nicht?«

»Es bedeutet, dass wir nicht verrückt sind. Wir haben uns das alles nicht eingebildet.«

Ich lachte. »Ja, das auch.« Ich brach ab und kratzte mich am Kopf. »So ungefähr. Nehme ich an.«

Sie überlegte einen Augenblick. Dann leuchtete ihr Gesicht mit einem Lächeln auf, wie ich es bisher noch nie an ihr gesehen hatte. Ihre Augen funkelten, und ihre Wangen glühten rosig. »He, ich glaube du hast recht«, sagte sie. »Jeder von uns hat gewissermaßen eine neue Schwester!«

»Irgendwie schon«, sagte ich und hakte mich bei ihr ein. Wir standen auf und folgten unseren Familien nach oben. »Und noch wichtiger, wir haben beide eine neue *Freundin*.«

»Eines gibt es, das ich noch nicht verstehe«, sagte ich.

»Was denn?«, fragte Grandad. Wir gingen am Strand spazieren. Flake lief mit Mitch voran, Mum vor uns in einer Reihe mit Sals Eltern und dem Rest von uns, alle fest zugeknöpft gegen den Wind. Wir drängten uns etwas näher aneinander, während wir redeten.

»Dieses Zeitreise-Ding selbst. Wie war das möglich?«

Grandad lachte leise. »Das habe ich mich auch millionenfach gefragt. Ich dachte immer, der Vater deiner Großmutter sei draufgekommen. In jenen zurückliegenden Tagen hatte ihn etwas so richtig erschüttert – außer dem Sturm und dem, was mit dem Dorf passiert war. Da war noch etwas anderes als das. Ich konnte es an seinem Blick sehen, aber er hat nie darüber gesprochen. Und er fuhr auch nie mehr in seinem Boot hinaus. Nachdem wir in Porthaven ansässig geworden waren, verließ er nie wieder den festen Boden.«

»Ich habe ihn nie gefragt, warum«, sagte Grandma. »Ich hatte angenommen, dass ihm der Sturm den Mumm genommen hatte. Er hat uns so viel mehr weggenommen. Unser Zuhause, Mutters Gesundheit. Aber wir hatten nie ein Gespräch darüber. Nicht ein einziges Mal.«

»Es ging nicht«, sagte Grandad. »Wir wussten, es hätte so viele andere Fragen aufgeworfen, und die waren alle entweder zu schmerzlich oder zu verwirrend. Es war, als hätten wir eine stumme Übereinkunft, nie davon zu sprechen.«

»Was wir auch nicht taten«, sagte Grandma. »Bis heute.«

»Was ist mit dem Boot passiert?«, fragte Sal.

»Vater hat es verkauft, als wir aufs Festland gezogen sind«, sagte Grandma.

»War das Erste, was er tat«, setzte Grandad hinzu. »Aber um deine Frage bezüglich der Zeitreisen zu beantworten, Mia ... erst ein paar Monate später hatte ich so eine Ahnung.« Grandad hob einen Stock auf und warf ihn für die Hunde. Sie jagten sich über den Strand nach und kläfften und sprangen herum.

»Eine Ahnung, wie das mit der Zeitreise lief, meinst du?«, fragte ich.

Grandad nickte. »Als ich das erste Mal auf Luffsand landete«, begann er, »war alles so dramatisch. Eine Riesenwelle hatte mich aus dem Boot geworfen. Und noch alle möglichen anderen Dinge. Ich ging unter, was sich wie eine Ewigkeit anfühlte, und als ich wieder nach oben kam, war es verschwunden.«

»Das Boot?«

»Ja. Ich nahm an, es sei mit der Monsterwelle untergegangen, und dachte nicht weiter darüber nach, bis zwei Dinge passierten.«

»Was für Dinge?«, fragte Sal.

»Das Erste war, dass ihr beiden auftauchtet. Das Boot war offenbar gar nicht gesunken, denn ihr wart darauf! Was bedeutete, dass etwas anderes das Boot hatte verschwinden lassen.«

»Es hat eine Zeitreise gemacht!«, sagte ich.

Grandad nickte. »Nicht, dass mir zu dem Zeitpunkt so ein Gedanke kam. Ich war zu sehr damit beschäftigt, mich verzweifelt an dem Schornstein festzuklammern.«

»Und das Zweite?«, fragte Sal.

»Das fand ich, als wir zurückfuhren, um zu retten, was wir aus den Trümmern retten konnten. Da lag es, angespült auf dem Strand.«

»*Was* lag da?«, fragte ich ungeduldig.

Grandad sah mich an. »Der Kompass. Ich hatte angenommen, er sei zugleich mit mir über Bord geschwemmt worden.«

Das klang nachvollziehbar. Ich erinnerte mich, dass die Halterung aussah, als sei sie abgerissen. »Das Boot ist also ans Festland zurückgetrieben, aber der Kompass wurde in Luffsand angespült«, sagte ich.

»Genau«, stimmte mir Grandad zu.

»Du hättest das Gesicht meines Vaters sehen sollen, als wir damit aufkreuzten«, sagte Grandma. »Das werde ich nie vergessen.«

»Er wollte das Ding gar nicht mehr aus den Augen lassen, nicht wahr?«, fügte Grandad hinzu. »Das Merkwürdige war, dass er das Boot so schnell wie möglich verkaufte, den Kompass aber noch ein paar Jahre behielt. Er saß oft da und starrte ihn an und schrieb Zeug auf einen Zettel. Hat uns allerdings nie gesagt, was.«

»Und auch nicht, was ihm durch den Kopf ging«, warf Grandma ein.

»Eines Tages ging er dann los und kam ohne ihn zurück. Sagte, er habe ihn dorthin zurückgebracht, wo er ihn herhatte, und dass er froh sei, ihn los zu sein.«

»Hat er gesagt, wohin er ihn gebracht hat?«

»Nein. Und ich habe auch nie gefragt. Aber ein paar Jahre später, als ich nach Papier für irgendwas suchte, stieß ich in einem Schubfach auf den Zettel. Voll mit Gekritzel und Pfeilen und einem dicken »N« in einer Ecke.«

»Das war das Stück Papier, das wir gefunden haben!«, stieß Sal aus.

»Genau«, sagte Grandad. »Ich wunderte mich sehr, warum er es behalten hatte, obwohl er den Kompass doch fortgegeben hatte. Ich wollte wissen, um was es da ging. Schließlich saß ich stundenlang da und starrte den Zettel an – ein bisschen so wie er – und versuchte Hinweise in dem Gekritzel zu finden.«

»Und hast du was gefunden?«, fragte ich.

Grandad schüttelte den Kopf. »Im Grunde nicht. Aber eines wusste ich. Es musste wichtig gewesen sein, sonst hätte er den Zettel nicht aufgehoben, daher legte ich ihn in das Schubfach zurück. Später in derselben Woche war ich spazieren mit deiner Großmutter und sah etwas, was mich abrupt anhalten ließ. Wir waren am Ortsrand und gingen gerade an dem Marineladen vorbei.«

»*Schiffland*«, sagte ich.

Grandad nickte. »Und ich weiß nicht, ob es daran lag, dass mir der Zettel mit dem Gekritzel noch im Kopf herumspukte, aber irgendwas ließ mir plötzlich ein Licht aufgehen. Eine Erinnerung. Ich erinnerte mich, wie du mir mitten in dem Sturm etwas zugerufen hattest, erinnerte mich an den Namen *Schiffland*, und da dämmerte es mir. *Daher* kam der Kompass – und dort war er auch wieder gelandet. Ich verstand immer noch nicht, was passiert war, aber auf einmal wusste ich, dass ich noch eines erledigen musste, damit alles klappen würde.«

»Du musstest sichergehen, dass der Kompass in meine Hände kommt«, sagte ich.

»Richtig. Zum Glück war er nicht verkauft worden.«

Grandma lachte. »Ich glaube nicht, dass dort überhaupt jemals besonders viel verkauft worden ist!«

»Das war unser Glück. Ich ging also hinein und kaufte ihn – aber ich sagte zu dem Mann, ich würde ihn gerne bei ihm lassen. Dann steckte ich ihn in eine Tüte und schrieb deinen Namen drauf.«

»Und hast zu dem Besitzer gesagt, er solle ihn mir geben!«

»Genau. Das Blatt mit dem Gekritzel meines Vaters legte ich dazu. Ich war noch immer nicht schlau daraus geworden, aber irgendwie musste es wohl wichtig sein, dachte ich, und dir würde es vielleicht etwas sagen, wenn du es bekommen würdest.«

»Und du hast auf der Rückseite etwas vermerkt, daher wussten wir, dass wir den Kompass im Boot lassen sollten«, setzte ich hinzu.

»Das ist richtig. Nachdem ich das alles erledigt hatte, konnte ich ihn gewissermaßen vergessen – abgesehen davon, dass ein Teil meiner Gedanken nie den Versuch aufgab, genau herauszufinden, was damals tatsächlich passiert war und was das »N« bedeutete. Ich war ziemlich sicher, dass ich nach Norden gefahren war, als das mit der Zeitreise passierte. Ich vermutete, dass der Kompass auf Norden gestanden hatte, als ich mich die heftige Woge über Bord geworfen hatte. Ich wurde vom Boot geworfen, und das Boot wurde irgendwie in derselben Sekunde in die Zukunft transportiert. Daher blieb ich ohne es zurück –«

»Fünfzig Jahre früher!«, sagte ich.

Grandad nickte. »Aber das Boot fuhr wieder in die Gegenwart und wurde ans Festland gespült.«

»Und landete schließlich in der Bucht und wartete auf uns«, sagte ich.

Ein paar Schritte lang sahen wir den Hunden zu, die in Kreisen herumliefen, während wir die ganzen neuen Teile des Rätsels verdauten. Allmählich setzte sich das Puzzle zusammen.

»Der Kompass hat mit uns das Gleiche gemacht«, sagte Sal.

»Das habe ich vermutet«, erwiderte Grandad. »Erzählt mal weiter.«

»Wir sind nach Norden gefahren, und ein Windstoß hat uns von hinten erwischt«, erklärte ich. »Und von da an lief alles durcheinander. Die Kompassnadel fing an, sich zu drehen, und wir landeten mitten im Nirgendwo.«

»Das war es ja wohl«, sagte Grandad. »Das war, wie es passiert ist.«

»Wenn die Nadel nach Norden zeigte und der Wind aus Süden kam – dann fing der Kompass an, sich zu drehen«, sagte ich.

»Und schickte das Boot irgendwie auf eine Reise in die Vergangenheit«, ergänzte Sal.

»Ob nun jemand drauf war oder nicht«, endete ich. »Was wiederum erklärt, wie Dees Vater in seiner eigenen Zeit zur Arbeit aufs Festland fahren konnte, das Boot jedoch in *unsere* Zeit schlüpfte. Das muss passiert sein, als es sich am Liegeplatz umdrehte, so dass es nach Norden ausgerichtet war, und dann ist es von einem Windstoß aus Süden getroffen worden.«

»Nur, dass es einmal passierte, als er noch drauf war«, sagte Sal. »Das eine Mal, als er irgendwie in *unserer* Zeit auf dem Festland ankam, nicht in seiner.«

Grandad stieß einen Pfiff aus. »Das ist es mehr oder weniger in aller Kürze.«

»Und danach ist es nicht mehr passiert?«, fragte ich.

Grandad schüttelte den Kopf. »Es kam nicht mehr dazu. Der Typ, der das Boot kaufte, war nicht von hier, daher wurden Boot und Kompass gleich getrennt. Aber ehe ich die Notiz in den Laden brachte und den Kompass für dich einpackte, fasste ich den Entschluss, dass es an der Zeit war, die Vergangenheit hinter mir zu lassen und in die Zukunft zu blicken.« Er zwinkerte Grandma zu. »Und dafür hatte ich auch einen Plan.«

»Was für einen?«, fragte ich.

Granddad legte den Arm um Grandmas Schultern. »Ich musste das Mädchen heiraten, das ich liebte, seit ich sie das erste Mal gesehen hatte.«

Grandma legte den Kopf an Grandads Schulter und schlang einen Arm um seine Taille. Das Lächeln, mit dem sie sich ansahen, sagte viel mehr als alle Worte.

»Aber Grandad«, sagte ich, während wir weitergingen, »mir ist gerade noch was eingefallen.«

»Was denn?«

»Das Genehmigungsschreiben in der Rettungsstation. Wie kommt es, dass du das schon geschrieben hattest?«

Grandad lächelte. »Denk dran, ich wusste immer noch nicht genau, wie es dir gelungen war, damals zu uns zurückzukommen, und ich hatte ja auch nie mit jemandem darüber reden können. Ich erinnerte mich daran, dass du gesagt hattest, du würdest die Küstenwache holen, und wenn ich dich danach auch nicht wiedersah, erinnerte ich mich an deine Worte, als ich letzte Woche in der Zeitung von dem Tag der offenen Tür las.«

»Und du hast gedacht, du solltest lieber alle Möglichkeiten abdecken.«

»Genau. Ich fand, das könnte nicht schaden.«

In dem Moment kam Flake angerannt, ließ einen Stock vor Grandads Füßen fallen und lenkte unsere Aufmerksamkeit wieder auf den gegenwärtigen Tag. Mitch stand etwas weiter weg und wedelte ebenfalls wie wild mit dem Stummelschwanz und ließ hechelnd seine kleine rosa Zunge heraushängen.

Grandad sah auf den Stock hinunter und dann auf Flake. »Du willst wohl, dass ich ihn werfe, nicht?«, fragte er.

Als Antwort wedelte Flake so heftig mit dem Schwanz, dass er einen Bogen in den Sand fegte.

Grandad lachte und warf den Stock. Flake rannte los und packte ihn im Nu. Ich bückte mich und warf einen anderen für Mitch, und schon jagten die beiden sich wieder im Kreis herum.

Ein paar Augenblicke gingen wir schweigend weiter und holten Mum und Sals Eltern ein. Ich blickte über das Wasser. Die Sonne versuchte durchzukommen, und kleine Lichtflecke glitzerten auf der Meeresoberfläche.

»Was wohl mit dem Boot geschehen ist?«, überlegte ich.

»Vielleicht ist es an einer Klippe zerschellt«, meinte Sal.

»Oder ist an einen Piraten verkauft worden«, sagte ihre Mutter und hakte sich bei Sal unter.

»Vielleicht ist es auch zu Kaminholz zerhackt worden«, sagte ihr Vater.

»Oder steht in irgendeinem Garten hinterm Haus«, setze Mum hinzu.

»Es könnte überall sein«, erwiderte Grandad. »Aber in jedem Fall dient es jemand anderem. Ich glaube, wir haben unser Ziel erreicht.«

Während die anderen ihren Gang am Strand lachend und vergnügt fortsetzten, blieb ich stehen und blickte aufs Meer hinaus. Ein Stück Treibholz schaukelte auf den Wellen am Strand. Ein Sonnenstrahl fiel darauf, und einen Moment lang leuchtete es gelb auf wie der Rumpf des Bootes.

Ich starrte das Treibholzstück an. Vielleicht *war* es ja ein Stück von dem Boot; vielleicht war es ja noch da, irgendwo hier in der Gegend; vielleicht waren Boot und Kompass nur für uns hergekommen, fuhren ständig durch die Zeit, brachten Menschen zusammen, heilten

Beziehungen und bauten Brücken über Abgründe, die die Menschen voneinander trennten.

Kurz darauf wanderte der Sonnenstrahl weiter, und das Stück Treibholz wurde ans Ufer gespült. Es winkte mir zu, foppte mich, lockte mich an den Spülsaum zurück.

Aber ich wollte nicht zurück. Einen Moment lang beobachtete ich es noch. Und dann drehte ich mich um und rannte den Strand entlang, meiner Familie hinterher.

Eric

Der Tag im Marineladen war ruhig gewesen. So ruhig sogar, dass Eric versucht war, früher zu schließen. Er drehte sich eine Zigarette und ordnete im Hinterzimmer ein paar Papiere. In zehn Minuten würde er schließen.

Gerade hatte er seine Zigarette ausgedrückt, als ein Mann durch die Tür stürzte. Er suchte den Laden ab, ließ den Blick in jede Regalreihe gleiten, bis er die Fächer mit den Kompassen gefunden hatte.

»Suchen Sie was Bestimmtes?«, fragte Eric.

Der Mann antwortete nicht. Er war so intensiv damit beschäftigt, die Kompasse zu untersuchen, dass er Eric wahrscheinlich gar nicht gehört hatte.

»Das ist er!«, sagte der Mann kurz darauf unvermittelt. Er nahm einen der Kompasse heraus und trug ihn zum Ladentisch.

»Den wollen Sie, ja?«, fragte Eric und griff nach einer Plastiktüte, um ihn einzupacken.

Der Mann nickte. »Aber ich will ihn nicht mitnehmen«, sagte er. »Sie sollen ihn für mich aufbewahren.« Dann zog er ein Bündel Banknoten und ein Stück Papier aus der Ta-

sche und hielt Eric beides hin. »Können sie diese Nachricht nehmen?«, fragte er. »Legen Sie sie zu dem Kompass in die Tüte.«

Eric musterte den Mann. Sah ziemlich adrett aus. Mitte zwanzig. Funkelnder Ehering am Ringfinger.

»Zu dem Kompass legen und beides hier aufbewahren?«, fragte Eric den Mann. »Warum sollte ich?«

»Ich – es ist für jemanden. Ich muss es für sie dalassen.«

»Sie verwechseln mich nicht etwa mit einem Postamt, oder?«, fragte Eric und kniff die Augen zusammen.

»Nein. Ich – ich muss ihn hier bei Ihnen lassen. Bitte. Für eine Freundin.«

Eric musterte den Mann erneut. »Für eine Freundin«, wiederholte er. Dann nahm er den Zettel an sich.

»Ja«, sagte der Mann.

»Und wie sieht ihre Freundin aus?«, fragte Eric und steckte den Zettel in die Tüte.

»Sie ... also, sie ist noch ein Mädchen. Dreizehn Jahre alt. Normale Größe für ein Mädchen ihres Alters. Ziemlich dünn. Blonde Haare – ungefähr schulterlang, vielleicht ein bisschen länger.« Unter den Augen des Mannes steckte Eric den Kompass in die Tüte. Dann suchte der Mann den Ladentisch ab und deutete auf einen Filzstift. »Kann ich den mal borgen?«

Eric zuckte die Schultern und schob ihm den Stift hin.

Der Mann nahm die Tüte vom Ladentisch und zog den

Zettel heraus. Schnell schrieb er etwas darauf und steckte ihn in die Tüte zurück. Dann kritzelte er noch etwas außen auf die Tüte und hielt sie Eric hin.

Eric sah mit zusammengekniffenen Augen hin. »Für Mia?«, sagte er und hob eine Augenbraue.

»So heißt sie.«

»Aha. Und diese Mia – weiß sie von dem Päckchen?«

»Bin mir nicht sicher. Eher nicht.«

»Und wie kommen Sie dann darauf, dass sie hierherkommt?«

Der junge Mann sah Eric in die Augen. »Sie kommt«, sagte er bestimmt. »Sie sucht nach jemandem. Nach … nach jemandem, der wie eine etwas jüngere Ausgabe von mir aussieht. Bitte geben Sie ihr das Päckchen. Sagen sie, es sei von Pi- … von Peter.«

»Peter.«

Der junge Mann nickte. Eric starrte ihn so lange an, dass Peter nervös wurde. Er legte die Hände zusammen und drehte ständig an dem funkelnden Ring an seinem Finger herum.

Eric deutete auf den Ring. »Neu?«

Peter lächelte. »Frisch verheiratet.«

Eric nickte bedächtig. Schließlich ergriff er wieder das Wort.

»Na gut. Ich mach das für Sie.«

»Danke«, sagte Peter. »Danke!« Erleichtert strahlte er

übers ganze Gesicht und drehte sich um. Aber auf halbem Weg zur Ladentür blieb er stehen. »Da ist noch etwas«, sagte er.

Eric wartete.

Peter zögerte. Sein Blick huschte umher, als suche er im Laden nach den geeigneten Worten. »Kann sein, dass Sie es eine Weile aufbewahren müssen«, sagte er schließlich. Dann sah er Eric fest an. »Aber sie holt es ab«, setzte er hinzu. »Versprochen. Eines Tages kommt sie rein.«

Danksagung

Mit riesigem Dank an alle Menschen, die mir geholfen haben, einen Augenblick der Inspiration in ein Buch zu verwandeln.

Wie immer waren meine Familienmitglieder – jedes auf seine wunderbare Weise – äußerst hilfsbereit und ermutigend. Danke, dass ihr meine Bücher immer als Erste und Letzte durchseht.

Wie immer tiefste Dankbarkeit an meine netteste Kritikerin, größte Anhängerin und beste Freundin Laura Tonge.

Dank geht auch an meine Lieblingskollegin Annabel Pitcher für ihren genialen Plan, wie wir uns gegenseitig beim Schreiben unterstützen und mit Büchern belohnen können.

Mit jedem Buch bin ich meinen Verlagen Orion und Candlewick dankbarer. Danke für euer Vertrauen in mich und meine Bücher und für all die Dinge, die ihr für die Bücher und mich tut.

Ewiglich dankbar bin ich auch meiner Agentin Catherine Clarke – die Beste in der Szene.

Und schließlich herzlichen Dank an unsere wunderbare Pink-Bag-Lady Jane Cooper, die auf den perfekten Titel kam, nachdem ich ein Jahr lang vergeblich danach gesucht hatte.

Für Mädchen, die für ihre beste Freundin ALLES tun würden

Juli und ich haben uns versprochen, dass wir für immer beste Freundinnen bleiben. Aber man kann ja nie genau voraussagen, was passiert, oder? Wäre es nicht super, wenn man einen winzigen Blick darauf werfen könnte, was einem die Zukunft bringen wird? Damit man beruhigt ist. Das wäre so cool.
... doch dann passiert das Unfassbare. Der alte Fahrstuhl, in den Jenny steigt, bringt sie nicht in den ersten Stock, sondern in die Zukunft. Und was sie hier sieht, ist überhaupt nicht cool. Was kann Jenny jetzt tun, um ihre Freundschaft zu retten?

Liz Kessler
Ein Jahr ohne Juli
Aus dem Englischen
von Eva Riekert
336 Seiten, gebunden

Fischer Schatzinsel

Wenn man Glück backen könnte ...

Rose und ihre Familie haben ein Geheimnis. Es ist das alte Familienbackbuch, in dem so zauberhafte Rezepte wie Liebesmuffins und Wahrheitsplätzchen gesammelt sind – oder auch Törtchen, um verlorene Dinge wiederzufinden. Roses Eltern hüten das Buch wie ihren Augapfel, keines der Kinder darf auch nur einen Blick hineinwerfen. Doch dann müssen die beiden Zauberbäcker verreisen. Rose und ihre Geschwister versprechen, sich von dem verbotenen Buch fernzuhalten. Doch dieses Versprechen ist gar nicht so einfach einzuhalten – und bald geht es in dem kleinen Dorf drunter und drüber ...

Ein Buch zum Dahinschmelzen wie Schokolade
auf einem warmen Muffin!

Kathryn Littlewood
**Die Glücksbäckerei –
Das magische Rezeptbuch**
Aus dem Amerikanischen
von Eva Riekert
Mit Vignetten von
Eva Schöffmann-Davidov
Band 81111

Das gesamte Programm gibt es unter
www.fischerverlage.de

Eine reichliche Prise Magie ...

Rose hat nur eines im Sinn: das magische Rezeptbuch zurückzuerobern, das ihre Tante, die skrupellose Starbäckerin Lily le Fay, auf hinterhältige Weise gestohlen hat. Zusammen mit der ganzen Familie Glyck und einem sprechenden Kater reist Rose nach Paris, um dort in einem atemlosen Zauberbackwettkampf gegen Tante Lily anzutreten. Während ihr Großvater im Eiltempo Zauberrezepte übersetzt – und ihre Brüder ihr helfen, Geheimzutaten wie das Mitternachtsläuten von Notre Dame oder das Lächeln der Mona Lisa zu besorgen –, kämpft Rose sich backend bis ins Finale. Wird sie die magische Prüfung meistern?

Kathryn Littlewood
**Die Glücksbäckerei –
Die magische Prüfung**
Aus dem Amerikanischen
von Eva Riekert
Mit Vignetten von
Eva Schöffmann-Davidov
336 Seiten, gebunden

Das gesamte Programm gibt es unter
www.fischerverlage.de

Augen auf für die Liebe!

Die siebzehnjährige Amber hat ein besonderes magisches Talent: Sie kann die wahre Liebe in den Augen ihres Gegenübers sehen! Sie braucht nur ein paar Sekunden, schon erkennt sie, wer füreinander bestimmt ist – und wer nicht. Deswegen weiß sie, dass sie sich auf gar keinen Fall in Charlie verlieben darf. Charlie hat zwar wunderschöne waldgrüne Augen, aber lebt quasi in einer anderen Stratosphäre: viel zu gutaussehend! Vor allem aber: für eine Andere bestimmt. Doch warum grinst er sie immer so süß an? Nicht verlieben, Amber, nicht verlieben!!! Zu spät …

Crystal Cestari
Ambers magischer Augenblick
Aus dem Amerikanischen
von Maren Illinger
Band 0237

Das gesamte Programm gibt es unter
www.fischerverlage.de